전환기 문단과 시문학사

전환기 문단과 시문학사

초판발행일 | 2023년 11월 17일

지은이 | 이경호
펴낸곳 | 칼라박스
펴낸이 | 金永馥

주간 | 김영탁
편집실장 | 조경숙
주소 | 03088 서울시 종로구 이화장2길 29-3, 104호(동숭동)
전화 | 02) 2275-9171
팩스 | 02) 2275-9172
이메일 | tibet21@hanmail.net
홈페이지 | http://goldegg21.com
출판등록 | 제300-2017-26호

값은 뒤표지에 있습니다.

ISBN 979-11-960545-7-1-03810

이경호
평론집

전환기 문단과 시문학사

칼라박스

머리말

판도라 상자에 갇힌 현대시

개념예술의 득세 현상

근대예술의 역사는 마르셀 뒤샹 이전과 이후로 나뉜다는 것이 예술사가들의 주장입니다. 그들은 뒤샹 이후로 전개되고 확장되는 예술의 세계를 "개념예술"이라고 부릅니다. 보다 구체적으로 말해서 예술의 초점이 형태와 물질로부터 개념과 추상으로 이전하게 되어버린 현상을 가리키고 있습니다. 이러한 변화는 예술가의 표현 욕구가 단지 눈에 보이는 세계로부터 예술가 자신의 내면으로 이동하였다는 사실만을 가리키지는 않습니다. 널리 알려진 대로 뒤샹은 다다이즘을 대표하는 예술가이며 다다이즘은 자본주의 예술 제도를 파괴하려는 목표를 내세웠습니다. 이런 목표는 매우 정치적이며 동시에 윤리적인 성격을 간직하고 있었습니다. 그가 변기나 자전거 바퀴 같은 일상의 오브제를 날것으로 채택한 까닭도 자본주의 미학에 정면으로 도전하려는 정치적 의도에서 비롯되었는데 후대에 이르러 그런 정치적 의도는 탈각되어버리고 표현기법만 계승되어 개념예술이라는 명칭을 확보하게 되었습니다.

개념예술의 득세는 마치 팀 버튼 감독의 〈화성 침공〉이란 영화에 등장하는 외계인의 형상처럼 '기형적인 예술의 존재 성격'을 환기해줍니다. 가느다란 몸의 균형에 맞지 않게 머리만 비대해진 외계인의 형상은, 손과 몸의 노동과 노동으로 단련되는 감각의 훈련 과정을 배제한 채, 개념예술을 추종하여 새로운 아이디어를 짜내기에 골몰한 '전환기 예술가의 초상'을 떠올리게 하는 것입니다.

호기심의 가벼운 속성

개념예술의 아이디어를 찾아내는 원동력은 호기심입니다. 그리고 호기심과 관련하여 판도라 상자의 속성을 상기할 필요가 있습니다. 판도라 상자의 핵심은 뚜껑입니다. 판도라 상자의 뚜껑은 가벼운 것들을 가두는 데 필요한 장치입니다. 유감스럽게도 예술가들에게 가장 호기심의 대상이 되는 것들은 뚜껑을 열어보는 순간 휘발되어버리는 이 가벼운 것들입니다. 그야말로 '참을 수 없는 존재의 가벼움'들입니다. 가벼운 것들이 예술가들을 매혹합니다. 판도라의 상자 속에는 그렇게 매혹적이면서 가벼워서 우리 일상 속으로 휘발되어버리는 것들로 가득합니다.

제우스를 비롯한 그리스 신들이 판도라를 통해서 인간에게 악의

적으로 전달한 불행의 선물들은 그렇게 매혹적이면서 가볍게 처리될 수 있는 것들이었습니다. 판도라가 '새것'의 상징이라는 점도 돋보입니다. 모든 예술, 그것도 현대의 개념예술에서는 오직 새것만이 중요하기 때문입니다. 누가 최초로 아이디어를 발견해서 작품으로 선보였는가가 예술적 가치의 전부라고 해도 과언이 아니기 때문입니다. 판도라의 뚜껑은 이렇듯 예술가들의 '새것 콤플렉스'를 부추깁니다.

뚜껑의 윤리와 희망의 속성

가벼운 것들이 뚜껑 안에 갇혀있다는 사실은 현대 예술가들에게 중요하지 않습니다. 갇혀있다는 것은 윤리적인 속성을 암시하고 있기 때문입니다. 그것들은 프로이트나 융이 일컬은 대로 "무의식의 본능(Id)"이거나 "그림자(Shadow)"이기 때문입니다. 융은 이렇게 말했습니다. 그림자는 괴물같이 위험해서 가두어놓아야 할 본능이지만 잘 조절하면 예술적 원동력으로 활용될 수 있다고요. 그런데 말이 그렇지 '잘 조절한다'라는 매뉴얼은 예술가들의 관심 밖 사항입니다. 설령 지킬과 하이드 사이를 오가는 결과가 생기더라도 새로운 아이디어를 찾아내는 데에만 관심이 있기 때문입니다. 윤리는 썩은 고목에 불과합니다. 더구나 괴물은 그로테스크의 이름으로 돋보이는 효과도 있으니까요.

판도라의 상자 속에 희망이 남아있다는 사실이 현대 예술가들에게 중요하지는 않겠지만 현대 예술가들이 별로 돌아보고 싶어 하지 않는 인류에게는 중요합니다. 나는 희망을 찾아내는 인류가 오히려 예술가들을 피드백해주리라는 소망을 갖게 되었습니다.

희망이 휘발되지 않고 상자 속에 남아있는 까닭은 당연히 희망이 무거웠기 때문입니다. 그것은 부담스러울 만큼 무겁습니다. 아무도 감당하기 어려울 만큼 무겁고 복잡합니다. 게다가 무척 낡아 있기도 합니다. 적어도 외관은 그렇습니다. 게다가 그것은 갇혀있는 것도 아닙니다. 날아갈 위험이 없는 그것을 뚜껑으로 가두어놓을 필요가 없으니까요. 그것은 위험해서 가두어놓은 것이 아니라 아무도 관심이 없어서 구석에 처박혀 있는 것입니다.

사람들은, 특히 그중에서도 현대 예술가들은 가볍게 날아가 버린 그것들이 희망이라고, 순간적인 만큼 절실한 가치를 지닌 진실이라고 주장합니다. 변덕스러운 인간의 속성이 부정할 수 없는 진실이라는 점을 인정하고 있기 때문입니다. 변덕스러운 존재의 욕망을 부정할 수 없는 절망의 순간에 현대 예술가들은 다음과 같은 도스토예프스키의 주장에 고개를 끄덕일 수밖에 없었던 것입니다.

인간은 언제나 어디서나 그가 누구든 간에 절대 이성과 이익의 명령이 아닌, 자기가 하고 싶은 대로 행동하길 좋아했던 것이다. 심지어 자기 자신의 이익에 반해서라도 그렇게 하고 싶어 할 수 있고 이따금씩은 꼭 그래야만 한다(하여간 내 생각으론 그렇다). 자기 자신의 의지적이고 자유로운 욕망, 아무리 거친 것일지라도 여하튼 자기 자신의 변덕, 이따금씩 미쳐 버릴 만큼 짜증스러운 것일지라도 여하튼 자기 자신의 환상, 이 모든 것이 바로 저 누락된 이익, 즉 어떤 분류에도 속하지 않고 모든 체계와 이론을 끊임없이 산산조각 내 버리는 가장 유리한 이익인 것이다.

—「지하로부터의 수기」 중에서

이 장면 속의 도스토예프스키와 우리나라의 소설가인 이상은 어쩌면 그렇게 흡사해 보이는지 모르겠습니다. 이 주인공들은 모두 "육신이 흐느적흐느적하도록" 지하에 처박아놓고 머리만 "은화처럼" 반짝거리게 굴려보는 예술가들의 전형을 보여주고 있습니다. 은화처럼 반짝이는 "자유로운 욕망"의 세목이야말로 판도라의 상자에 갇혀있다가 뚜껑이 열리는 순간에 날아가 버린 것들입니다.

다시 희망에 관한 이야기로 돌아가 보겠습니다. 제가 앞에서 희망은 무겁고 복잡하고 낡아빠진 것이라고 말했었죠? 그런 희망의 속성을 다른 맥락에서 말씀드려 보겠습니다. 제가 생각하는 희망은 머리뿐만 아니라 온몸을 돌보느라고 무겁고 복잡하고 낡아 보입니다.

가르침의 오랜 풍경

말머리를 돌려 보겠습니다. 옛날에 가르침을 전수하는 풍경을 되살려보면 제자에게 가르침을 바로 머릿속 이치로 전수하는 스승들은 드뭅니다. 대개의 큰스님이나 도사님들은 한 삼 년 동안 반드시 물 긷고 빨래하고 마당 쓸고 밥 짓는 일부터 시킵니다. 저는 이것이 더욱 중요한 가르침이라고 생각합니다. 머리로 뜻을 전하기 전에 머리와 온몸이 하나로 어우러질 바탕을 마련하는 것, 이런 수행이야말로 고금을 막론하고 학문과 예술이 지향해야 할 이치라고 생각합니다.

이런 식으로 온몸을 개입시키는 것을 현대 예술은 귀찮아하고 싫어하는 듯합니다. 온몸이 개입되는 것을 싫어하는 처지였는데, 금상첨화로 미디어의 환경도 몸의 개입을 대신해주게 되었습니다. 이제는 미디어의 정보와 이미지를 쉽게 차용하는 아이디어 활용법이 모든 예술 활동에서 대세가 되어가고 있는 형국입니다. 그리하여 온몸을 울림통으로 부려내지 못하는 감각을 매체의 정보로 풀어낸 작품, 대중문화나 상업예술의 기발한 아이디어를 차용하는 작품들이 각광을 받기도 합니다.

젊은 시인들의 고백

요즈음 저보다 한 세대 정도 젊은 시인들의 시쓰기에 관한 솔직한 고백들을 눈여겨 보았습니다. 이런 대목이 마음을 찔렀습니다. "요즘은 언어 자체에 집중하여 언어가 만들어내는 기이한 효과들,

무국적인 관념성을 철학적 잠언의 수준으로 활용하고 배치하는 시들이 눈에 띕니다. 화자들이 기이할 정도로 '잘 배운 선생님' 같아요. 제 다음 세대의 시인들은 여기에 많이 빨려 들어가고 있는 것 같습니다." 박상수라는 시인 겸 평론가의 발언입니다. 그의 말이 내 폐부를 찌른 까닭은 바로 시어의 활용법이 '개념예술'의 성격과 어느 정도 부합하고 있는 것처럼 보였기 때문입니다. 그런 점에서 '잘 배운 선생님' 같다는 말투는 빈정거림으로 여겨졌습니다.

역시 예상했던 대로 김수영에 대한 언급도 여러 차례 거듭되었습니다. 그중에 이런 고백이 시선을 사로잡았습니다. "그런데 전봉건의 시를 보면 문장들이 정말 유려해요. 그에 비해 김수영은 거칠기 짝이 없죠. 하지만 이상하게도 김수영의 시는 늘 다시 펼쳐 읽게 되는 힘이 있고, 전봉건의 시는 다시 한번 펼쳐서 읽게 하는 힘이 없어요." 김안 이라는 시인의 고백입니다. 김수영의 거친 언어가 마음을 사로잡는 힘을 가진 까닭은 바로 김수영 자신이 신념처럼 부르짖은 "온몸으로 밀고 나가는 시쓰기"의 성격을 간직하고 있기 때문입니다. 김수영에게도 거친 관념들이 생경한 시어로 돌출하는 장면들이 부지기수로 존재합니다. 그러나 김수영의 시어들이 "무국적인 관념들을 철학적 잠언의 수준으로 활용"하는 시어들과 근본적으로 다른 까닭은 머리의 관념성에 온몸의 구체성을 새겨놓으려는 고투의 흔적을 간직하고 있기 때문입니다. 그 싸움이 거칠어 보이면서도 절실함의 무게를 내장한 까닭에 독자들의 영혼을 사로잡는 힘을 발휘하는 것입니다.

어쩌면 가볍고 무거운 속성 탓에 판도라 상자의 안팎으로 분리되어 버린 것들, 그중에 삶의 고통과 희망이 있습니다. 그리고 갇히기를 달가워하지 않는 우리의 변덕스런 마음과 무거운 탓에 늘 갇힐 수밖에 없는 우리의 몸이 있습니다. 판도라 상자의 내용물은 뚜껑이 열리는 순간에 안팎으로 나뉘어 버렸지만, 인간의 존재는 마음과 몸으로 나뉘지 않습니다. 현대 예술은 자꾸 마음의 욕망을 눈에 보이는 몸으로부터 분리해 놓는 작업에 치중해 왔습니다. 눈에 보이는 몸의 세계가 환멸스러웠던 탓이겠지요. 하지만 눈을 감아버린다고 존재하지 않는 것은 아닙니다. 무겁게 감옥에 갇혀있는 남루한 몸의 구체성을 주목하고 끌어안는 현대예술과 현대시의 작업은 언제쯤 이 땅에서 다시 개화할 수 있을까요?

산문집과 평론집의 통합

이 책을 구성하는 글들은 '전환기'라는 공통의 주제 아래서 세 부분으로 나뉩니다. 제1부와 제3부는 각각 21세기에 들어선 현대시와 1980년대 한국시문학사의 전환기적 성격을 살펴본 글들인데, 특히 3부는 『현대시학』에 「시집으로 살펴보는 현대시문학사」라는 제목으로 연재했던 글들을 묶은 것입니다. 그리고 제2부는 최근 2~3년 동안에 교보문고에서 발간하는 문예지 『대산문화』를 비롯한 몇 군데 잡지에 연재했던 나의 문단 체험 수기를 정리한 것입니다.

1980년대는 내 인생의 중요한 전환기였습니다. 내 삶이 걸어가야 할 방향으로 문학을 선택하고 문단에 첫발을 내디딘 시기였기 때문입니다. 1988년에 등단한 이후로 나는 때로는 문학평론가로, 때로는 문예지 편집자나 기획자로 수많은 문인들과 문단의 사건들에 접촉해 왔습니다. 그것들에 대한 체험기록을 에세이로 풀어낸 제2부의 글들은 사소하거나 사소하지 않은 징후들을 내장한 우리문학의 원체험이나 참고자료나 문학적 연대기로 간주되어도 무방할 듯합니다. 이 에세이들은 우리문학에서 전기문학이나 문학인에 대한 참고자료의 부피가 넉넉하지 못한 현실을 되돌아보며 작업한 결과이기도 했습니다. 하지만 무엇보다도 평론집과 산문집을 통합하는 책의 구성 방법을 고민한 결과였다는 사실을 밝히고 싶습니다.

2023년 초가을 방학동에서

차
례

제2부 전환기 문단의 풍경

제3부 전환기의 시문학사—1980년대 대표시집을 중심으로

제1부
전환기의 시론

전환기의 개념시학과 서정의 획일화 현상

"재귀적 관광"이란 독특한 용어가 있더군요. 문화평론가 진중권이 경인 운하의 유람선에서 바라본 풍경을 비아냥거리면서 재치 있게 붙여본 명칭입니다. 이 용어에 담긴 뜻이 우리가 오늘 살펴보려고 하는 '현대시의 획일성' 문제에 중요한 단서를 제공하는 듯싶어서 진중권이 재귀적 관광을 언급한 대목을 읽어드릴까 합니다.

　얼마 전 지인에게서 '경인 운하'의 유람선 얘기를 들었다. 유람선을 타고 아무리 운하를 거슬러 올라가도 보이는 건 양옆의 콘크리트 둑. 얼마나 볼 게 없던지 유람선에서 고작 둑 위를 달리는 자전거만 구경하다 돌아왔단다. 흥미로운 것은 그다음 대목이다. 볼 게 없기는 자전거 탄 이들도 매한가지. 그들은 유람선을 구경하더란다. 구경을 하면서 구경을 당하는, '상보적' 유람, '재귀적' 관광. 두 개의 손이 서로 상대를 그리는 에셔의 작품을 닮았다.
　　　　　　　　　　　　　　　　－「각하의 삽질미학」, 『시네 21』 857호

이 대목에서 나의 눈길을 사로잡은 내용은 자연을 인위적으로 가다듬으면 볼거리가 많아지는 게 아니라 오히려 볼거리가 빈약해진다는 사실에 있지 않았습니다. 진중권도 흥미로운 것이라고 지적하는 문제는 빈약한 볼거리의 '놀라운 실태'에 자리 잡고 있기 때문입니다. 달라진 경치를 구경하러 나온 사람들이 유일하게 찾아낸 볼거리가 '사람 구경'이라고 하는 기막힌 현실이 바로 '전환기의 서정시'가 처해 있는 착잡한 현실을 시사해주는 점이 있다는 생각이 들었던 것입니다. 삶의 현실이나 자연을 시의 볼거리로 삼던 우리 서정시에서 언제부턴가 삶의 현실이나 자연의 자취가 사라져버리고 그 자리를 다른 볼거리가 차지하게 되어버린 상황이 떠올랐다는 말입니다.

전환기 서정시의 다른 볼거리란 우리가 오늘 이 자리에서 논의해야 할 '내면 폐쇄 징후'를 뜻합니다. 시인이 삶의 현실이나 자연을 서정의 대상으로 다루기보다 자신의 시학이나 시쓰기 자체를 서정의 대상으로 삼는 시쓰기. 시인의 시쓰기에 대한 '재귀적 관광', 혹은 시쓰기의 자기 회귀현상. 우리는 이런 현상을 '메타시'라고 이름 붙일 수도 있을 것입니다. 현대시사에서 일찍이 '거울'을 이용한 내면으로의 '재귀적 관광'을 시도한 이상의 경우가 최초의 사례라면 '자아'를 대신하여 '주체'를 내세우는 '미래파' 시인들의 작업은 가장 최근까지 전개되고 있는 시쓰기의 자기 회귀현상일 것입니다.

앞의 인용문에서 진중권은 사람의 손길('삽질')이 자연이라는 대상을 걷어내고 사람의 자취만 확인하게 하는 현실을 네덜란드 화가인 모리츠 코르넬리스 에셔의 작품 「그리는 손」의 풍경에 비유하고 있기도 합니다. 두 개의 손이 서로를 그려내고 있는 풍경을 보여주는 이 작품은 그림의 대상이 혼란스러워지고 있는 현대의 상황을 암시하고 있습니다. 미술을 비롯한 현대예술이 객관적으로 다룰 수 있는 대상을 상실하거나 회피하고 있는 정황, 그리고 그에 대한 대안으로 예술이나 예술가 자신의 내면을 대상으로 삼아야 하는 정황이 암시되고 있는 것입니다. 이러한 정황 역시 '메타예술'의 성립 조건입니다.

에셔의 「그리는 손」은 메타예술의 존재 조건을 떠올리게 만들지만, 동시에 메타예술의 존재 가치를 반성하게 만들 수도 있다고 생각합니다. 미술가의 손이 내면으로만 수렴될 수 없는 예술의 특정한 존재 조건을 일깨우고 있기 때문입니다. 에셔가 '그리는 손'을 그리려고 한 것은 예술의 역사에서 손으로 대표되는 육체가 감당해 온 '장인'의 역할을 상기하게 해줍니다.

리처드 세넷이라는 사회학자는 『장인』이라는 저서에서 아방그르드 화가인 마르셀 뒤샹이 남자 소변기를 작품의 오브제로 삼는 순간 장인의 예술에서 중요한 전통으로 유지되어온 아름다움의 가치는 상실되었다고 안타까워합니다. 소위 '개념 미술'이 주목받으면서 장인의 예술작업을 대표하는 손보다 '머리'가 중요한 창작의 역할을 감당하게 되었기 때문이죠. 세넷은 에셔가 주목했듯이 "현대문명이 잃어버린 손"이라는 화두를 떠올리고 있습니다. 세닛은 특히 "손과 머리 사이의 긴밀한 관계"를 강조합니다. '개념' 미술을 주도하는 지성의 역할을 감성과 연계하고 다시 몸 전체로 확장하는 구체적인 작업을 수행할 수 있기 때문입니다.

저는 2000년대 중반부터 우리 시단에서 주목을 받기 시작하여 이제는 중요한 성과로 자리매김하고 있는 '미래파'('뉴웨이브' 혹은 '다른 서정')의 작품들이 간직하고 있는 속성을 비판적으로 살펴보기 위하여 이러한 세닛의 주장을 참고하고 싶습니다. 무엇보다도 미래파의 시들에 '개념' 시학의 흔적이 여실하기 때문입니다.

그런데 이들의 시를 후원하는 많은 같은 세대 평론가들은 그들의 작품 속에서 중요한 요소가 '감각'이라고 주장합니다. 나는 그들의 시에 표현된 감각이 많은 경우에 '개념화된 감각'이라고 생각합니다. 그것들은 때로는 하위문화에서 쉽게 접할 수 있는 '정보화된 감각'이거나 '자폐적인 관념에 덧칠된 감각' 일 때가 많습니다. 더욱 착잡한 경우는 감각의 문제를 프랑스 철학자인 랑시에르의 주장과 연계하여 논의했을 때 생겨났습니다. '시와 정치'라는 주제로 논의된 여러 입장들 속에서 감각의 새로운 가능성을 모색하고 표현하는 작업이 작품의 성과와 연계되지 못했기 때문인데요. '감성의 재분할'이라는 명분으로 한국시의 새로운 정치적 상상력을 표현하려는 시학은 오히려 문학의 자율성을 확보할 수 있는 알리바이로 활용되거나 정치적 현실에 대한 문학의 관심과 책임을 요청하는 진보진영의 해묵은 주장을 되풀이하게 만드는 촉매제로 활용되는 경우가 많았습니다. 어쨌거나 이러한 일련의 논의과정을 지켜보면서 동세대 평론가들을 중심으로 한국 시단은 물론 문단 전체가 프랑스 철학의 강력한 영향권 아래 놓여있다는 씁쓸한 느낌을 가질 수밖에 없었습니다. 이러한 시단의 경향 역시 개념적 시쓰기의 증좌를 보여주는 또 다른 사례라고 생각합니다.

이제 미래파의 시학이 내세우는 '주체'의 개념을 살펴볼 때가 되었습니다. 이들이 내세우는 주체의 개념은 지금까지 한국 서정시에서 보편적으로 인정받아오던 '서정적 자아'를 대체하려고 하는 것입니다. 그들은 지금까지 전통적 서정시를 이끌어온 '시적 자아' 또는 '화자의 정서'가 시적 대상과의 현실적 관계를 모색하기보다 '자기 동일성'을 확인하기 위하여 시적 대상을 시적 자아나 화자의 정서 쪽으로 끌어들여 '자기 회귀'에 치중하는 문제점을 노출하였다고 주장합니다. 이러한 주장은 일단 경청할 필요가 있습니다. 이들의 주장은 우리가 오늘 한국 서정시의 또 다른 획일성으로 극복해야 할 '서정 단순 징후'를 질타의 대상으로 삼고 있기 때문입니다.

'서정 단순 징후'는 그 자체로 별다른 평가나 언급의 대상이 되기 어렵습니다. 그 문제점이 너무도 수월하게 파악될 수 있기 때문입니다. 그런데도 이러한 분류 명칭을 갖는 시의 속성을 따져볼 필요가 있다면, 첫째로는 문학제도의 현실에서 서정시라는 이름으로 생산되고 유통되는 많은 시편들이 이러한 징후를 보여주기 때문입니다. 둘째로는 이러한 징후를 가진 시편들이 수백 종을 초과하는 문예지와 시집을 발간하는 출판사들, 그리고 그것들과 피드백 관계에 있는 문학 교육제도와의 연관 아래 놓여있는 현실 때문입니다. 우선 수백 종의 문예지들은 매호 총 만여 편을 초과하는 엄청난 분량의 신작시를 게재해야 합니다. 작품 수와 그것을 집필해야 하는 시인들의 숫자를 헤아려볼 때 작품들이 대체적으로 어떠한 수준을 보여줄지를 어림할 수 있습니다. 그런데 작품의 수준보다 더욱 문제가 되는 특징은 작품의 성격이 획일화되는 경향을 보이고 있다는 사실입니다. 자연을 서정의 대상으로 삼아 가혹한 삶의 현실로부터 일탈하고 싶어 하는 시적 화자의 자아를 표현한 시편들이 획일화된 서정의 주요한 품목입니다.

자연에 안주하는 서정을 소박하게 재생산하는 시쓰기가 쇄신되지 않는 까닭은 그런 시편들로 문예지의 지면을 채우는 편집위원들의 안목 때문이기도 하겠지만 보다 근본적으로는 청소년 시절부터 다양한 시각으로 서정시를 감상하고 써보는 학습 기회를 제공할 여력을 갖추지 못한 학교 교육에서 비롯되었을 것입니다. 입시에 대비해야 하는 문학 교육은 서정시에 대한 교육 수혜자의 자유로운 이해 능력과 풍요로운 표현능력을 억압하는 역기능을 초래했습니다.

수십 년의 세월 동안 누적된 역기능은 1990년대부터 폭발적으로 증가한 대학 및 사회기관의 문학 창작 프로그램에도 영향을 미쳤다고 생각합니다. 1980년대까지 몇 개에 불과했던 문예창작과가 수십 개로 늘어나고, 대학마다 개설한 평생교육원의 문예창작 프로

그램과 신문사를 비롯하여 백화점에 이르기까지 각종 사회기관에서 개설한 문예창작 교실은 이제는 성인이 된 역기능의 수혜자들에게 새로운 문학 교육의 기회를 제공하였습니다. 그러나 그러한 문학 교육의 기회가 다양하고 개성 있는 서정시의 상상력과 언어 표현기법을 습득하는 기회로 활용되었다고 인정하기는 어렵습니다. 그리하여 시를 자유롭게 이해하고 풍요롭게 표현할 수 있는 능력을 갖추지 못한 시인 지망생들이 수많은 시 잡지를 발간하고 시집 출간을 활성화하는 일에 중요한 변수로 등장하게 됩니다. 그들이 잡지와 시집을 구입해주는 문학 소비자로서의 역할에 안주하지 않고 잡지에 등단하여 지면에 참여하고 시집까지 펴내는 역할을 감당할 수 있게 되었기 때문입니다.

왜곡된 문학 교육의 수혜자인 그들이 문학 현장에 참여하면서 발표하고 공감하는 작품들이 대부분 전통 서정을 답습하는 경향을 보인다는 것이 저의 좁은 소견입니다. 논란의 여지가 많으리라 생각합니다만 시 전문지와 시집 출간이 지나치게 양산되고 그것들의 전반적인 경향이 소박한 수준으로 자연을 기리는 서정을 재생산하고 있다는 점에서 반성과 쇄신이 필요합니다. 이러한 반성과 쇄신의 필요성은 최근 몇 년 동안 지하철을 이용할 때마다 승강장의 스크린 도어에 적혀 있는 시편들을 읽으면서 느낀 자괴감 때문에 더욱 절실해졌습니다.

그런데 앞에서 미래파를 지지하는 일군의 시인과 동세대 평론가들이 이러한 '서정 단순 징후'를 '자기 회귀' 현상으로 비판했다는 점을 주목할 필요가 있습니다. 자기 회귀 현상은 미래파의 시적 경향에도 포함되어 있기 때문입니다. 우선 '메타시'라고 하는 것 자체가 앞에서도 말했듯이 자기 회귀 현상을 입증해 보이고 있습니다. 전통 서정에 안주하는 시편들의 경우에는 자연을 시의 대상으로 삼지만 실제로는 대상에 '투사'된 '시적 자아'를 노래하고 있다는 점에서 자기 회귀 현상을 보인다고 규정할 수 있습니다. 말하자면 자연이라는 대상은 빛 좋은 개살구에 불과한 셈이죠. 이때 자연은 실재하는 '타자'로서의 대상적 성격을 갖고 있지 못한 셈입니다. 자연은 마치 우리가 수음 행위를 하기 위하여 떠올리는 '헛것'에 불과합니다. '조작된' 자연이라는 점에서 시의 대상은 부재하는 셈이며 결국 자기 회귀 현상이라 이름 붙이기도 민망합니다.

그렇다면 미래파의 경우는 어떨까요. 미래파의 경우에는 시적 자아와 마주하는 대상의 존재가 좀 더 복잡하게 규정됩니다. 그들은 우선 '시적 자아'라는 말 대신에 '주체'라는 용어를 사용합니다. '주체'라는 용어를 사용하는 까닭은 시적 자아와는 다른 입장에서 대상과의 관계를 도모하고 있기 때문입니다. 미래파는 우선 시적 자아의 독립성을 부정합니다. 시에 표현되어야 할 삶의 진실은 시적 자아가 아니라 일상에서 매 순간 마주치는 무수한 '타자'들과의 관계망 속에서 포착되어야 한다는 것입니다. 프랑스 언어학자인 라캉과 그의 후예들의 관점을 차용한 셈입니다. 대상이나 타자와의 관계 속에서 비로소 빚어지는 존재의 개념을 그들은 '주체'라고 부릅니다. 그렇다면 본래의 자기를 텅 비어 있는 상태로 규정하고 타자의 흔적을 통해서만 자기의 존재감을 확인할 수 있는 주체는 자기 회귀 현상을 극복하는 시쓰기의 방향을 제시하고 있을까요. 여기에서 저는 다른 지면에서 거론한 바 있는 시적 자아와 주체의 관계에 대한 소견을 다시 한번 돌이켜 보고 싶어집니다.

　　매 순간 마주치는 '타자'와의 관계 속에서 구성되는 것이 '주체'라면 그것은 그저 텅 비고 허망한 존재의 속성을 일깨우는 개념일까? 또한 '타자'들을 통해서 구성되는 '주체'의 개념은 본래의 '자아'가 없다는 개념으로 받아들여져야만 하는 것일까? 우리는 여기에서 근대의 이성적 '자아'를 "현존재의 세계는 공동세계이다. 안에-있음은 타인과 더불어 있음이다"라고 주장하거나 "현존재는 더불어 있음으로써 본질적으로 타인들 때문에 존재한다"고 주장한 하이데거의 주장을 환기할 필요가 있다. 그의 주장에서 '고립된 자아'가 아니라 '열려 있는 자아', 또는 '관계 맺는 자아'의 개념을 떠올릴 수 있기 때문이다. 이러한 '자아'의 개념이라면 구태여 '주체'와 대립하는 것으로 내세울 필요는 없을 것이다.
　　　　　　　　－「서정적 자아와 다른 서정의 주체」, 『시평』 2012년 봄호

　　그것을 '시적 자아'라고 부르건 '주체'라고 부르건 간에 중요한 사실은 그것이 텅 비어 있는 존재의 허망함을 확인하는 작업이 아니라 매 순간 새로 태어나는 존재의 가능성을 확인하는 작업을 수행해야 한다는 점입니다. 그런 점에서 적지 않은 미래파 시인들의 시적 주체가 수행하는 작업을 착잡하게 바라볼 수밖에 없는 까닭은

시적 대상인 '타자'들과의 관계를 분주하게 도모하는 시적 화자의 언술 행위가 새로운 존재의 가능성을 찾아내려는 열망보다 오히려 불안과 상실감을 드러내는 일이 많아 보이기 때문입니다. 이러한 반응은 혹시 시적 주체나 자아라고 하는 것을 '열려 있는 자아'의 가능성이 아니라 텅 비고 허망한 존재의 속성으로 인정하고 싶은 무의식에서 비롯되지 않았을까요. 그런 점에서 미래파 시인들이 자주 노출하는 편집증과 도착증, 분열증을 내포한 언술 행위도 이러한 자아의 상실감과 연루된 듯합니다. 이렇게 자아 상실감에 집착하는 태도야말로 자기 회귀 현상을 입증하는 또 다른 사례가 될 것입니다.

주체의 속성과 관련하여 또 하나 주목해야 할 점은 존재의 '깊이'에 대한 태도입니다. 가령 "이제 삼차원은 지겨워. 그러니까 깊이가 있다는 거 말야. 나를 잘 펴서 어딘가 책갈피에 꽂아줘. 조용한 평면, 훗날 너는 나를 기준으로 오래된 책의 페이지를 펴고. 또 아무런 깊이가 없는 해변을 거니는 거야."(이장욱, 「중독」, 『정오의 희망곡』)와 같은 시의 내용에서 나는 주체의 열려 있는 가능성을 모색하는 활동이 존재의 깊이를 회피하고 있는 사실을 발견하게 됩니다. 존재의 깊이를 부정하는 주체의 활동은 타자와의 관계 맺기를 훨씬 효과적으로 수행할 수가 있겠죠. 그러나 앞에서도 언급했듯이 자아의 텅 빈 상실감은 바로 이렇게 존재의 깊이를 부정하는 태도와도 연루된 것으로 보입니다. 그리고 이러한 상실감으로 말미암아 타자들에 대한 성실한 관계 맺기의 욕망보다 자기 부정과 파괴의 욕망을 나열하는 일에 분주해지는 것이 아닌가 생각됩니다.

그런 점에서 대상이나 타자와의 열린 관계를 도모하는 시적 자아나 주체의 활동은 좀 더 심화될 필요가 있다고 생각합니다. 그러한 활동이 오로지 새로운 대상과 관계 맺는 지평을 확장하는 일에만 분주하고 관계를 심화하는 일에 소홀할 때 자아나 주체는 삶에 대한 상실감과 피로감을 느낄 수 있고, 그러한 상실감과 피로감으로 인해 예술의 가능성에 대한 열정이 약화하거나 병적인 우울증이 강화될 수도 있기 때문입니다.

마지막으로 미하일 바흐찐이 규정한 언어의 '원심력'과 '구심력'의 관계와 베르나르의 "거인의 어깨 위에 올라앉아 있는 난쟁이"에 대하여 언급하는 것으로 저의 발표를 마치려고 합니다. 바흐찐은 다양한 언어가 공존하고 대화하는 조건을 만들기 위하여 언어의 원심력이 갖는 역할이 중요하다고 지적했습니다. 깊이를 회피하고 주체의 개방적인 활동에 주력하는 미래파의 시쓰기도 이와 유사한 역할을 내세우고 싶어 하는 것으로 보입니다. 그러나 원심력은 반드시 구심력과의 상호관계에서 벗어날 수 없다는 사실도 간과해서는 안 됩니다. 언어의 구심력은 존재의 깊이를 지향하는 속성을 간직하고 있다고 저는 생각합니다. 비록 언어의 구심력이 단일한 언어의 패권을 지향하는 문제점을 보여주긴 했으나 집중하려는 의지 속에 스스로의 뿌리를 돌아보려는 무의식이 존재하고 있기 때문입니다.

언어의 원심력과 구심력의 관계에 비견될 만한 서양의 고대 격언으로 "거인의 어깨 위에 앉아 있어 거인보다 더 멀리 볼 수 있는 난쟁이"에 관한 이야기가 있습니다. 12세기 베르나르의 격언인데요. 17세기 후반에 몽테뉴는 거인을 고대인으로, 난쟁이를 근대인으로 규정하고 이 두 존재를 비교하면서 "근대인들이 고대인들보다 더 발전되었을지 모르지만, 이 때문에 그들이 존경받아서는 안 된다"라고 언급한 바 있습니다. 저에게는 언어의 원심력이 근대의 난쟁이에, 언어의 구심력이 고대의 거인에 비슷해 보입니다. 물론 난쟁이가 바라볼 수 있는 언어의 지평은 더욱 확장되었습니다. 그러나 난쟁이가 잊지 말아야 할 것은 자신이 거인의 어깨에 의지하고 있다는 사실입니다. 거인이라는 대지를 향한 구심력을 기반으로 하여 난쟁이는 보다 발전된 언어활동에 종사할 수 있게 되었기 때문입니다.

과연 시적 주체라는 난쟁이와 시적 자아라는 거인의 조화로운 관계를 우리 시단에서는 어떻게 마련할 수 있을까요?

서정적 자아와 다른 서정의 주체

정치적 현실이 서정시의 절실한 주제와 내용으로 다루어지던 시절이 있었다. 1980년대의 '노동시'와 '해체시'는 미학적 원리와 기법의 현격한 차이에도 불구하고 정치적 억압과 타락한 자본주의에 저항하는 태도를 공유하고 있었다. 노동시가 직설적으로 토로하거나 해체시가 간접적인 징후로 제시한 시적 담론들은 이데올로기라는 '큰 타자'의 존재 가치를 인정하고 그것과 진지한 관계를 모색하려는 '시적 자아'의 절실한 몸짓이었다. 다시 요약해보면 1980년대의 서정시에는 세 가지 요소가 공존할 수 있었다. 시적 자아와 정치라는 큰 타자, 그리고 둘 사이에 성립하는 진지한 관계. 어쩌면 이 세 가지 요소는 서정시뿐만 아니라 한국문학 100년을 이끌어온 견인차이기도 했을 것이다.

그런데 1990년대에 진입하면서 이러한 세 가지 요소의 성립 관계에 변화를 초래하는 현실이 도래한다. 큰 타자로서의 정치가 사회적 현실에 미치는 영향력이 급격히 약화되는 것이다. 유럽 사회주의의 몰락과 함께 삶의 근원적이면서 윤리적 지향점으로서의 정치적 가치에 대한 관심이 퇴락하면서 문학에서도 주인공이나 화자의 정체성을 탐색하고 입증할 만한 관계 대상으로서의 큰 타자가 실종되거나 퇴장하는 사태가 벌어지게 된다. 삶의 근원적이면서 진지한 가치라고 인정해왔던 정치적 이념의 흔적이 희미해진 자리에서 문학의 주인공이나 화자들은 정치적 이념을 대신하여 신화나 신성화된 자연(이를테면 "신성한 숲")을 찾아내 자아와의 관계 맺기를 탐색한다. 소설의 경우에는 큰 타자를 아예 괄호 쳐버리고 자아의 안쪽으로만 파고드는 '내성소설'이 1990년대 문학의 대세로 자리매김한다. 서정시의 경우도 예외는 아니어서 정치적 이념이라는 큰 타자가 상실된 자리에 자연을 들여앉히되 시적 자아 속으로 편입되어 내성화되어 버린 자연의 서정을 풀어내는, 이른바 '신서정'의 경향을 선보이게 된다. 어느 쪽이건 세 가지 요소 중에서 큰 타자라는 외부 요소의 면모가 달라지거나 약화되는 반면에 오히려 자아의 비중은 강화되는 변화가 초래된 셈이다. 진지한 관계라는 요소가 상존하는 현상도 달라진 바 없다. 이렇게 자아의 존재 가치에 대한 신뢰를 유지하는 한 1990년대의 한국문학은 근대성과 모더니즘의 자장 안에 머물러 있었던 셈이다.

2000년대의 한국문학, 그중에서도 서정시가 가장 큰 변화를 보여준 시기를 혹자들은 2005년 전후로 꼽고 있다. 이 무렵부터 시적 자아를 대신하는 '시적 주체'라는 개념이 도입되면서 서정시의 새로운 존재 가치가 논의되기 시작한다. '미래파'나 '뉴웨이브', 혹은 '다른 서정'의 명칭을 앞세우는 일부 평론가들은 지금까지 인정되던 서정시의 관행을 질타하고 이러한 관행으로부터의 일탈을 가능하게 하는 새로운 미학적 원리를 확립하려고 한다. 이들이 질타하는 서정시의 관행은 소위 '서정적 자아'라고 하는 것이다. 그들은 서정적 자아가 시적 대상과의 실제적 관계 맺기보다 자기 동일성을 확인하기 위하여 시적 대상을 자아 쪽으로 끌어들여 '자기 회귀'에 치중하는 문제점을 내포하고 있다고 주장한다. 이러한 문제점을 극복하는 대안으로 이들이 내세우는 원리는 대체로 정신분석 언어학자인 라캉과 그의 후예인 들뢰즈와 지젝을 비롯한 프랑스 철학자들의 이론에서 발췌한 것이다. 대표적인 관점이 바로 자아를 대체하는 '주체'의 개념이다. 시에 표현되어야 할 삶의 진실은 나의 자아를 벗어나 매 순간 접촉하는 무수한 '타자'들과의 관계망 속에서 포착되어야 한다는 것이다. 대상이나 타자와의 관계 속에서 비로소 만들어지는 것, 그것을 그들은 '주체'라고 부른다. 본질적으로는 텅 비어 있으면서 대상이나 타자에 의해 규정되는 결과물로서의 존재 성격, 그것이 바로 주체의 개념이다.

그렇다면 주체를 내세우는 이러한 관점을 서정시에 어떻게 적용할 수 있을까? 주체의 허망한 존재 근거가 빚어내는 부작용은 나중에 논의하기로 하되, 서정적 자아에 대한 이들의 조급한 진단부터 검증할 필요가 있다. 서정적 자아가 간직하고 있는 치명적 약점을 '자기 동일성으로의 회귀'로 규정하고 있는 관점은 무엇보다도 최근에 제시되고 있는 '극서정시'의 관점에서 반박의 증거를 찾아낼 수가 있다. 주체를 앞세우는 평론가들이 상찬하는 젊은 시인들의 작품이 지나치게 방만한 분량을 풀어내는 것에 대한 비판은 그 자체로 중요한 의의를 내세우기는 어렵다. 문제는 분량이 아니라 분량의 품질에 달려 있기 때문이다. 다행스럽게도 극서정시의 관점은 '극소지향'이 '극도의 긴장'과 '압축'이나 '침묵'을 내포하는 미학의 원리라는 점을 천명하고 있다. 이러한 미학의 원리가 중요한 까닭은 극소지향이나 극도의 긴장을 추구하는 극서정시의 배후에 '여백'을 존중하는 동양 미학의 원리가 깔려 있기 때문이다. 주지하다시피 동양화의 화폭에 존재하는 여백의 공간은 그림을 그리는 화가에게 온전히 회귀할 수 없는 대상의 속성을 환기해준다. 그 여백은 화가의 내면으로 회귀할 수 없을 뿐만 아니라 표현하는 대상을 온전히 구현할 수도 없는 예술의 존재 조건을 암시하고 있다. 여백을 내포하는 동양화에는 자연이라는 대상을 통해 '자기 동일성'을 확인할 수 없는 화가의 자연이라는 타자에 대한 거리감과 긴장이 표현된 것이다.

동양화에서처럼 긴장감이 충만한 전통 서정시의 공간에서도 서정적 자아는 '자아와 세계의 동일성'을 확인하고 향유하는 상상력에 매진하지 않는다. 또한 "자아와 세계가 격절되어 버린 현재"의 상황을 달라져야 할 서정시의 조건으로 내세우는 서정 혁신파들의 주장도 납득하기 어렵다. 김소월의 「산유화」에서 "산에/ 산에/ 피는 꽃은/ 저만치 혼자서 피어 있네"라는 부분에서 파악할 수 있듯이 한국의 서정시는 그 출발에서부터 이미 "자아와 세계가 격절되어 버린" 상황을 서정적 자아로 감내하고 있었기 때문이다. 적어도 한국을 비롯한 동양의 서정시에서 자주 동원되던 절제와 압축의 표현기법, 여백이나 침묵의 공간은 시적 자아와 시적 대상의 이질감과 막막한 거리감을 미학의 근본적인 원리로 견지해온 것이다.

이제 주체의 개념을 따져볼 때가 되었다. 라캉의 주장처럼 '상징계'의 이념과 제도에 구속되어 있으며 매 순간 마주치는 타자와의 관계 속에서 구성되는 것이 주체라면 그것은 그저 텅 비고 허망한 존재의 속성을 일깨우는 개념일까? 또한 타자들을 통해서 구성되는 주체의 개념은 본래의 자아가 없다는 개념으로 받아들여져야만 하는 것일까? 우리는 여기에서 근대의 이성적 '자아'를 "현존재의 세계는 공동세계이다. 안에-있음은 타인과 더불어 있음이다"라고 주장하거나 "현존재는 더불어 있음으로써 본질적으로 타인들 때문에 존재한다"라고 주장한 하이데거의 주장과 연계시켜 살펴볼 필요가 있다. 그의 주장에서 '고립된 자아'가 아니라 '열려 있는 자아', 또는 '관계 맺는 자아'의 개념을 떠올릴 수 있기 때문이다. 이러한 자아의 개념이라면 구태여 주체와 대립하는 것으로 내세울 필요는 없을 것이다. 그리고 이러한 자아의 개념이라면 텅 비고 허망한 존재의 속성을 일깨우는 것이 아니라 매 순간 새롭게 태어나는 존재의 가능성을 기약해주는 개념으로 인정받을 수 있을 것이다.

이러한 주체나 자아의 개념을 신뢰할 수 있기에 "나는 사방에서 자꾸만 태어났습니다"(황병승)라는 시인의 고백이 간직하고 있는 의미를 실감할 수가 있다. 그러나 그렇게 태어나는 존재의 의의를 "더 큰 죄를 짓기 위해"(황병승)라고 규정하는 태도는 열려 있는 자아나 주체의 가능성을 진지하게 모색하는 시선의 결과라고 인정하기가 어렵다. 이러한 태도는 오히려 텅 비고 허망한 존재의 속성을 인정하는 자아에서 생겨날 수 있기 때문이다. 편집증과 도착증과 분열증을 과시하는 시편들의 내용도 자아 상실감이 초래한 부작용일 듯한데, 타자들에 대한 성실한 탐구와 관계 맺기가 시도되기보다 자기 부정과 파괴의 욕망을 나열하기에 분주한 모양을 보여주는 것으로 읽힌다. 그것은 타자와 관계없는 나의 투정이거나 자아의 오물을 게워내는 몸짓에 가까워 보이기까지 한다.

그런 점에서 열려 있는 자아나 주체가 타자들과 맺는 관계는 좀 더 심화할 필요가 있다. '다른 서정'의 시편들은 아직까지 대부분 새로운 관계 맺기의 지평을 확장하는 일에만 분주해 보이기 때문이다. 이러한 분주함 때문에 타자들과의 심화된 관계를 구축하지 못할 때 자아나 주체는 상실감과 피로감을 느끼게 되고 그러한 상실감과 피로감으로 인해 삶과 예술의 가능성에 대한 열정이 약화하거나 우울하고 병적인 속성이 강화될 수도 있는 것이다.

마지막으로 서정적 주체가 관계 맺기를 시도하는 타자의 존재 성격 또한 다양해질 필요가 있다. 2000년대 이후로 서정적 주체가 관계 맺기를 시도하는 타자들은 하위문화와 그로테스크하거나 엽기적인 소재에 치우칠 때가 많아 보인다. 그런 점에서 우리 시대의 정치적 현실이 반드시 이념의 층위가 아니더라도 진지한 타자의 현실로 자주 다루어지지 않는 이유를 납득하기가 어렵다. 우리 시대의 가혹한 진실이 여전히 전개되고 있는 삶의 현장으로 그곳을 직시해야 하기 때문이다. 그런 점에서 1980년대의 '해체시'가 실천해 보인 모범을 참고할 필요가 있다. 해체시 또한 이전의 서정시 전통과는 크게 구별되는 미학의 원리와 표현기법을 선보였지만 다양한 타자들과의 관계 맺기를 시도했기 때문이다. 1980년대 전반기의 해체시가 정치적 현실을 관계 맺기의 타자로 삼았다면 1980년대 후반기의 해체시는 자본주의와 대중문화를 타자로 삼는 비판적 관계 맺기에 매진하였던 것이다. 따라서 '다른 서정'의 시편들은 앞으로 이렇듯 타자들의 지평을 다양하게 넓히면서 타자들과의 관계를 심화하는 두 가지 과제를 떠안고 있는 셈이다.

현대문명의 공간에 대한 비판적 상상력

시간의 추상화와 공간화

현대시가 노래하는 삶의 일상은 시간보다 공간의 속성에 좌우되는 것처럼 보인다. 시간의 지속성을 계기로 삶의 유사성을 탐구하는 은유보다, 공간의 다채로운 이동에 관심을 쏟는 환유가 현대시를 이끌어가는 상상력의 주요한 동력으로 활용되고 있는 점이 그런 상황을 입증한다. 삶의 일상에서 시간성이 배제된다는 것은 시간의 지속성을 보장받기 어려운 삶의 환경 탓이다. 근대 이전까지 삶의 일상은 자연의 질서를 이상적인 모델로 삼아 계획되고 운영되었다. 자연의 질서 속에서 시간의 이치는 찰나적인 것보다 지속성을 갖는 것을 중심으로 삶의 질서와 가치를 구축하였다. 인간 수명의 크기보다 지속성을 갖는 자연의 대상들이 항구적인 신의 속성을 상징하는 것으로 기려져 온 까닭도 그 점에 있을 것이다.

현대에 들어서면서 시간의 지속성은 시간의 추상성으로 전이되면서 새로운 가치를 만들어낸다. 시간의 추상성을 대표하는 것은 시계와 같은 것이다. 문명비평가 루이스 멈포드는 "추상적 시간이 생활의 새로운 매체가 되었다. 유기적 기능조차 추상적 시간에 의해 제어되어 사람은 배가 고파서가 아니라 시계의 재촉을 받아 식사를 하고, 피로해서가 아니라 시계가 지시한다고 하여 잠자리에 들게 된 셈이다"(『근대 문화의 기계화』)라고 지적한 바 있거니와 이때 삶의 "유기적 기능"이 자연과 생명체를 이끌어가는 기능이라는 점에서 "추상적 시간"은 이런 기능을 훼손하거나 배제하는 역할을 감당하는 셈이다.

추상적 시간이란 달리 보면 시간을 공간화하는 장치 속에서 만들어진다. 시계라는 것도 그러한 공간의 장치인 셈이다. 그렇다면 무엇이 시간을 공간화하고 추상화하는가? 그것은 바로 문명이고 자본이다. 삶을 기계와 자본의 지배 아래 놓으려는 기획이 시간을 공간화하고 추상화하는 것이다. 시간을 공간화하고 추상화함으로써 생기는 효과가 획일화와 계량화라는 점에서 삶을 지배하기 편리한 방편이 되는 셈이다.

획일화와 계량화는 현대문명이 구축하는 공간의 질서에 더 적극적으로 적용된다. 모더니즘의 공간 설계에서 획일화와 계량화는 공간의 기능을 극대화하는 방향으로 적용되었다. 포스트모더니즘의 공간 설계에서 획일화는 다양성과 혼성모방의 형태로 지양되었지만 이러한 "가치복합적 특성은 뒤이어 일종의 긴장으로 작용하여 불가피하게 엄청난 정신분열증을 일으킨다"(『포스트모더니티의 조건』)는 데이비드 하비의 지적은 현대문명의 공간 설계가 갖는 문제점을 예리하게 지적한 셈이다. 이렇게 공간을 소비 상품으로 판매할 수 있는 효과의 극대치를 추구하는 현대 자본주의의 속성들이 삶의 일상과 결부될 때 빚어지는 파행을 현대 시인들의 상상력은 집요하게 포착하여 진단하려고 한다.

획일화의 두 얼굴 – 독립성과 폐쇄성

이웃집은 그래서 가까운데
벽을 맞대고 체온으로 덥혀온 것인데
어릴 적 보고 그제 보니 여고생이란다
눈 둘 곳 없는 엘리베이터만큼 인사 없는 곳
701호, 702호, 703호 사이 국경
벽은 자라 공중에 이르고 가끔 들리는 소리만이
이웃이라는 것을 알리는데
벽은 무엇으로 굳었는가?
왜 모든 것은 문 하나에 갇히는가?

문을 닮은 얼굴들 엘리베이터에 서 있다
열리지 않으려고 안쪽 손잡이를 꽉 붙잡고는 굳게 서 있다
서로를 기억하는 것이 큰일이나 되는 듯

더디 내려가는 엘리베이터를 쏘아본다
엘리베이터 배가 열리자마자
국경에 사는 사람들
확 거리로 퍼진다

― 박주택, 「국경」, 『문학과사회』 여름호

공간의 획일화와 계량화를 대표하는 것은 아파트이다. 아파트와 같은 공간에서 획일화와 계량화의 파행을 찾아내기는 매우 수월하다. 그것은 바로 폐쇄성이다. 이 작품에서 아파트 공간의 폐쇄성을 대표하는 것은 벽으로 표현되어 있다. 벽의 폐쇄성은 "벽은 자라 공중에 이르고"로 점점 강화되는 상황을 암시하고 있다. 그런데 시인은 바로 그러한 아파트의 폐쇄성을 불편하고 난처하게 만드는 독특한 공간을 찾아낸다. 그것이 바로 '엘리베이터'이다. 그것은 폐쇄된 공간이면서 동시에 개방된 공간의 성격을 간직하고 있다. 혼자 이용하는 자에게 그것은 독립성을 보존하는 폐쇄공간이지만 함께 이용하는 자들에게 그것은 독립성을 훼손하는 개방공간인 것이다. 그런 공간의 속성을 도시인의 정체성과 연계시켜 "문을 닮은 얼굴들"이라고 규정하는 상상력은 날카로운 풍자 효과를 만들어 낸다. 문은 소통의 수단이면서 동시에 단절의 수단이기도 하기 때문이다. 도시인들이 소통을 갈망하는 척하면서 스스로를 유폐시키는 아이러니를 삶의 방어기제로 확보하고 있다는 사실을 들추어내고 있는 것이다. 그러한 정체성과 연관된 엘리베이터의 교묘한 속성이 도시공간의 감당하기 불편한 진실을 들추어낼 때 도시인들의 반응은 "열리지 않으려고 안쪽 손잡이를 꽉 붙잡고는 굳게 서 있다/ 서로 기억하는 것이 큰일이나 되는 듯/ 더디 내려가는 엘리베이터를 쏘아본다"라는 표현 속에 실감 나게 그려져 있다. "안쪽 손잡이를 꽉 붙잡"은 모습이야말로 폐쇄성을 지향하는 무의식의 반영일 것이다. 겉으로는 독립성을 그리고 안으로는 폐쇄성을 세뇌하는 아파트의 공간은 자본주의가 이끌어가는 현대문명의 어두운 속성을 가장 대표적으로 반영하고 있는 셈이다.

창(window) – 환상의 공간

어떤 문장은 출입구 없이
창문만 있는 좁은 방.
그 창문에서 그대가 내다보는 것을
오후의 햇빛이 지켜보았지.

그녀가 문장을 읽을 때
그대는 유리창에 어른거리네.
창문을 통해 그녀를 바라보는
그대는 사라지는 그녀의 현기증.

어떤 문장은 창문만 있는

실내가 없는 반지.
아무도 보지 않아도 그대는
그녀의 손가락에 매달리지.

창문을 봉해버린 집.
더 이상 그녀가 읽지 않아도
그대는 보이지 않게 홀로 검은
출입구 없는 침묵의 돌.

— 채호기, 「창문」, 『작가세계』 여름호

현대문명이 제공하는 또 다른 삶의 공간으로 주목해야 할 것은 영상매체의 화면이다. 그것은 인류 역사 이래로 전례가 없는 공간의 속성을 과시하고 있다. "창(window)"이라 불리는 그 공간, 실체가 없으면서 실체감을 생생하게 과시하는 그 공간은 공간을 무한히 확장하려는 현대문명이 만들어낸 획기적 상품으로서의 공간이다. 순간 이동과 무한한 환상을 펼쳐 보이는 창의 세계는 "진짜보다 더욱 진짜 같은 가짜(simulation)" 세계에 대한 사람들의 욕망을 촉발하고, 그러한 욕망의 대상인 이미지들을 무한증식의 상품으로 제공해준다.

이 작품에 등장하는 창문을 반드시 영상매체의 화면으로 해석해야만 할 필요는 없다. 오히려 이 작품의 공간은 언어의 세계, 혹은 작품의 공간으로 해석하는 것이 좀 더 자연스럽고 개연성이 높을지도 모른다. 그런데도 이 작품에 등장하는 공간을 전자매체의 공간,

이를테면 컴퓨터의 화면인 창(window)으로 해석하려고 한 까닭은 새로운 텍스트의 존재 공간으로 부상하고 있는 인터넷의 언어 공간이 간직하고 있는 어떤 속성을 이 작품의 창문이 환기하고 있는 것처럼 보였기 때문이다.

"그녀가 문장을 읽을 때/ 그대는 유리창에 어른거리네"라는 시행과 "어떤 문장은 창문만 있는/ 실내가 없는 반지"라는 시행이 바로 그러한 인터넷 화면의 속성을 환기하고 있는 것처럼 나에게는 받아들여졌다. "유리창에 어른거리"는, 즉 화면으로만 떠오르는 문장들의 느낌도 그러하고, "실내가 없는"이라는 존재 조건도 그렇게 받아들여지기 때문이다. 실내가 없다니, 무슨 뜻인가. 그것은 혹시 내부를 상실하고 표면으로만 존재하는 인터넷 화면의 속성을 암시하고 있는 것은 아닐까?

그런데 나에게는 "어떤 문장은 출입구 없이/ 창문만 있는 좁은 방"이라는 규정이 좀 더 의미심장하게 다가왔다. 시인은 컴퓨터 화면에 떠오른 문자와 이미지의 세계를 주목하고 있는데 화면이라는 공간의 존재감을 "출입구 없이/ 창문만 있는 좁은 방"이라고 규정할 때, 공간의 속성은 소통의 가능성을 제한하는 것처럼 보인다. 창문 안의 세계와 창문 밖의 세계가 갖는 관계를 주목하는 시인은 "창문을 통해 그녀를 바라보는/ 그대는 사라지는 그녀의 현기증"이라는 표현을 빚어낸다.

시인은 창문을 통해 소통하는 관계를 어째서 '현기증'이라고 규정했을까? 영상매체의 화면을 통해서 마주치는 세계, 그리고 경험

하는 세계는 어쩌면 사막에서 마주치는 신기루나 환상과 같이 존재
감을 갖기 어렵다는 느낌이 그러한 규정을 불러왔을 것이다. 그러
한 공간의 실체는 시의 마지막 부분에서 이렇게 밝혀진다. "창문을
봉해버린 집./ 더 이상 그녀가 읽지 않아도/ 그대는 보이지 않게 홀
로 검은/ 출입구 없는 침묵의 돌"이라고. 검은 화면, 그것은 컴퓨터
의 전원이 꺼진 상태의 화면을 환기시켜준다. 그러나 그뿐일까? 검
은 화면이야말로 컴퓨터의 근원적 존재 조건을 지시하고 있는 것은
아닐까? "출입구 없는 침묵의 돌"이라고 규정될 수 있는 전자 화면
의 또 다른 실체는 소통을 거부하는 공간적 속성을 암시하고 있는
것처럼 보인다. 첨단의 디지털 방식으로 가장 완벽한 의사소통의
기능을 구현하는 매체로 인정받는 인터넷 윈도우(창)가 본래 출입
구 없는 검은 화면에 불과하다는 규정은 과감하면서도 불길하다.
현대문명이 창출한 가장 획기적인 공간에 대한 저주처럼 읽힐 수
있기 때문이다.

거품의 욕망, 혹은 공간

방울
위에 방울 위에 방울 위에 방울 위에 방울 위에
방울 방울 방울 방울 방울
방울방울방울방울방울방울방울

암방울에 올라타는 수방울

다시 올라타는 방울

다시 올라타는 다시 올라타는 다시 올라타는

올라타는 올라타는 올라타는

방울 탱탱한 방울 커지는 방울

더 탱탱해지다 더 커지다

터지는

방울 새로 돋아나는 방울

터지는 터지는 터지는 돋아나는 돋아나는 돋아나는

둥근 방울을 찌그러뜨리며 올라서는

다시 찌그러뜨리며 올라서는 다시 찌그러뜨리며 올라서는

방울을 부풀리는 바람

허물어지는 바람 부푸는 바람 허물어지는 바람

부푸는 방울 덩어리

방울이 터져도 부푸는 방울 덩어리

터져도 부푸는 터져도 터져도 터져도 부푸는

방울을 밀어 올리는 방울 꺼지는 방울 밀어 올리는 방울

꺼지는 밀어 올리는 꺼지는 밀어 올리는

꺼지는 꺼지는 꺼지는

방울 방울 방울 방울 방울

부글부글부글부글부글

방울

— 김기택, 「거품」, 『문학동네』 여름호

이 작품에 등장하는 방울은 전자매체의 화면에 떠오르는 영상과 너무도 흡사한 속성을 간직하고 있다. 속은 텅 비어 있으며 표면으로만 떠오르는 속성, 모두 가벼운 이미지와 같은 속성. 그러나 무엇보다도 두 가지가 공통적으로 간직하고 있는 가장 주목할 만한 사항은 무한하게 생성되고 확장되는 공간으로서의 속성이다. 더구나 그러한 생성과 확장의 속성이 욕망의 속성과 흡사하다는 점도 주목할 만하다. 이러한 방울과 현대사회의 상품이 유사하다면, 그것이 이미지 상품과 같은 것이라면, 그것이야말로 욕망의 거품과 같은 것이다. 시인이 작품의 제목을 '거품'이라고 정한 것도 그런 까닭이다. 그것은 제어할 수 없는 욕망처럼 무한 증식한다.

시인이 방울의 모습으로 묘사하고 있는 시의 내용도 그렇게 무한히 팽창하고 증식하는 과정이다. 방울이 생겨나고 움직이고 변화하는 모양은 얼핏 보면 단순 반복운동을 나열해놓은 것처럼 보인다. 그리하여 지루하고 무의미한 내용을 서술한 것처럼 보일 수도 있다. 그러나 조금만 자세히 들여다보면 방울의 모양이 역동적으로 변주되는 움직임의 과정이 예사롭지 않다는 것을 눈치챌 수가 있다. 초기 과정에서 주목할 만한 특징은 방울의 팽창하는 모습이 지배 욕구나 공격적인 속성을 보여준다는 점이다. "방울 위에 방울"이 존재하는 모양이나 "올라타는 방울"의 모양에서 그런 성향을 읽어낼 수가 있는 것이다. 더구나 그런 지배성향과 공격성향에 성욕이 포함되고 있다는 점도 주목해야만 한다. "암방울에 올라타는 수방울"의 모양이 그렇다.

이러한 방울들의 움직이는 과정은 현대사회에서 자본주의가 사람들에게 세뇌하는 욕망의 속성과 그러한 욕망을 충족하기 위하여 제공되는 이미지 상품들의 속성을 밝혀준다. 또한 방울들의 팽창하고 증식하는 과정을 상세히 반복 묘사하는 내용은 팽창과 증식 현상으로부터 왜곡과 훼손 현상("둥근 방울을 찌그러뜨리며 올라서는")을 거쳐 몰락의 현상("꺼지는 꺼지는 꺼지는")으로 나아가는 과정을 묘사하고 있다. 이것은 현대문명이 제공하는 공간의 운명이기도 하고 자본주의가 사람들에게 세뇌하는 욕망의 결과이기도 할 것이다. 보들리야르라는 사회학자가 예측한 대로 이미지와 같은 시뮬레이션의 세계에 대한 자본주의적 욕망의 결과는 허무주의로 종결될 수밖에 없기 때문이다. 실체를 배제하고 헛것에 대한 욕망이 무한히 팽창하는 현상, 시인은 그것을 문명의 거품이 생산되는 공간으로, 그리고 욕망의 거품이 생겨나는 과정으로 그려내고 있는 것이다.

공간을 지우는 공간 – 허공의 절망

목이 힘껏
천장에 매달아 놓은 넥타이를 잡아당긴다
공중에 들린 발바닥이 날개처럼 세차게 파닥거린다

목뼈가 으스러지도록 넥타이가 목을 껴안는다

목이 제 안에 깊숙이 넥타이를 잡아당긴다
넥타이에 괄약근이 생긴다

발버둥 치는 몸무게가 넥타이로 그네를 탄다
다리가 차낸 허공이 빙빙 돈다

몸무게가 발버둥을 남김없이 삼키는 동안
막힌 숨을 구역질하던 입에서 긴 혀가 빠져나온다

벌어진 입이 붉은 넥타이를 게운다
수십 년 동안 목에 맸던 모든 넥타이를 꾸역꾸역 게운다
게워도 게워도 넥타이는 그치지 않는다

바닥과 발끝 사이
아무리 발버둥 쳐도 줄어들지 않던 한 뼘의 허공이
사람을 맨 넥타이를 든든하게 받쳐주고 있다

             – 김기택, 「넥타이」, 『문학과사회』 여름호

　이 작품은 현대문명과 자본주의가 구축한 모든 공간에 대한 가장 통렬한 비판과 부정의 상상력을 선보인다. 넥타이로 표상되는 자본주의와 도시문명의 일상이 교수형의 상황으로 전이되고 있기 때문이다. 그중에서도 주목할 점은 교수형의 상황에서 공간의 속성을 지적하고 있는 내용이다. 첫째 연의 마지막 행에서 "공중에 들린 발바닥이 날개처럼 세차게 파닥거린다"라는 내용이 그것

이다. 시인은 '허공'을 주목하고 있는 것이다. "공중에 들린 발바닥"
은 자본주의가 구축한 공간이 위기에 처했거나 소멸하였음을 암시
하고 있는 듯하다. 그러나 아직은 위기로 규정되지 않는다. "공중
에 들린 발바닥"이 "날개처럼 세차게 파닥거"리는 것으로 보이기
때문이다. 그것은 세 번째 연에서도 "발버둥 치는 몸무게가 넥타이
로 그네를 탄다"라는 여유를 위장하고 있다.

　허공이 연출하는 위기감은 네 번째 연에서부터 본격적으로 참모
습을 드러내기 시작한다. "막힌 숨을 구역질하던 입에서 긴 혀가
빠져나온다"라는 교수형의 끔찍한 모습은 다섯 번째 연에 이르러
가장 엽기적인 장면을 빚어내면서 절정에 이른다. 넥타이를 입에
서 게워내는 장면은 단순히 혀를 빼어 문 모습과 연계되는 것이 아
니라 자본주의적 일상과 그것에 세뇌된 욕망을 토해내는 모습을 암
시하고 있다는 점에서 주목을 요한다. 자본주의 체제를 견딜 수 없
는 삶의 실체가 폭로되는 장면인 셈이다. 그리고 마지막으로 가장
중요한 허공의 역할이 밝혀진다. "아무리 발버둥 쳐도 줄어들지 않
던 한 뼘의 허공이/ 사람을 맨 넥타이를 든든하게 받쳐주고 있다"
라는 규정은 자본주의를 지탱해주는 질서와 가치가 견고한 디딤돌
의 공간을 마련하고 있는 것이 아니라 텅 비어 있는 수렁의 공간에
불과했다는 사실을 폭로해주고 있는 것이다. 현대문명이 자본주의
를 원동력으로 제공하는 공간의 실체는 이렇게 허상으로 존재하는
신기루였던 셈이며 인간을 가두고 질식시키는 감옥이거나 무덤이
었던 셈이다.

꿈과 리듬을 잃어버린 현대시

뷰티 인사이드 주인공의 운명

〈뷰티 인사이드〉란 제목의 우리나라 영화에는 독특한 존재 성격을 간직한 남자 주인공이 등장한다. 18살이 지나면서부터 자고 일어나면 매일 모습이 바뀌는 존재 성격이 바로 그것이다. 국적과 성별이나 나이나 인종에 상관없이 날마다 얼굴이 바뀌어야만 하는 주인공의 운명을 생각하면서 어쩌면 현대예술이나 현대시의 존재 성격과 흡사하다는 생각이 들었다. 영화의 주제는 제목에서도 암시되듯이 겉모습이 아니라 내면의 가치를 옹호하고 있지만, 내세울 내면의 가치를 잃어버렸거나 그런 가치에 관심이 없어져 버린 듯한 현대예술이나 현대시의 착잡한 운명은 속절없이 매일 달라진 겉모습과 같은 이미지나 언어를 내세울 수밖에 없는 형편이 되어버렸기 때문이다.

성인이 되고 나서 겉모습을 매번 다르게 바꾸어야만 하는 주인공의 운명은 모더니즘 이후에 성립한 현대시의 경우에는 언어의 특정한 속성만을 주목하고 강조한 문학적 가치관이나 제도의 결과로 보인다. 그런 결과는 황폐해져 버린 인생의 복잡한 내막을 파헤치려는 쓸쓸한 의욕으로 받아들여지기도 한다. 어쨌거나 현대의 난숙해져 버린 문학적 규범을 간단하게 말해 보면 '시란 눈으로만 읽고 머리로 이해하는 것'이다. 이런 규범의 시쓰기란 시의 리듬감이나 음악성보다 지적 분석에 치우치는 방법을 선호하기 마련이다. 그리고 지적 사유나 분석의 접근 방식이 시를 이해하는 가장 가치 있는 태도로 자리를 잡게 되어버린 상황 속에서 매일 새로운 인식의 표현이나 언어적 현상을 선보여야만 하는 현대시의 명분이 곧추 세워질 수밖에 없다. 또한 그런 환경 속에서 근대시까지 이어져 온 낭송의 리듬감을 배려한 시 쓰기 표현법은 낡은 것으로 간주되어 배제되기가 쉬운 법이다.

렘수면의 기능과 꿈의 역할

　"렘(REM)"이라는 용어가 있다. 인간의 특정한 수면 단계를 지칭하는 낱말인데 이 낱말은 수면 단계 중에 발생하는 독특한 신체 작용을 가리키고 있어서 주목할 필요가 있다. 낱말을 풀어보면 '급속한 안구 운동(Rapid Eye Movement)'이 되니, 렘수면 단계에서는 눈동자가 활발하게 움직인다는 것이다. 렘수면 단계에서는 꿈을 꾼다고 한다. 신비롭게도 꿈을 꾸는 동안에 우리의 눈은 마치 실제로 무엇을 보기라도 하듯이 활발한 시각작용을 하는 셈이다. 작가이며 종교학자인 엘리아데는 렘수면 단계와 연관해서 미국 심리학회에서 행해진 다음과 같은 실험 결과를 토대로 주목할 만한 의견을 제시한 바 있다.

이와 관련하여 다음과 같은 실험이 행해졌다. 즉 실험 지원자들은 잠을 자도록 허용받기는 하지만 '급속한 안구 운동'단계에 들어가는 것만은 방해받는다. 달리 말하자면, 그들은 잠을 자긴 자되 꿈을 꿀 수는 없다. 그 결과 전날에 '급 안구 운동' 단계를 박탈당했던 이들은 다음날 밤 보통 때보다 가능한 한 더 많이 꿈을 꾸려 들었다. 이 상태에서 계속 '급 안구 운동' 단계를 제거했을 때, 그들은 낮에 내내 신경질적이 되고 과민하며 우울해했다. 마침내 아무런 방해 없이 정상적인 수면이 허용되자 그들은 '급 안구 운동' 단계의 수면에 정말 정신없이 빠져드는 것이었다.

엘리아데가 제시한 의견은 렘수면에 대한 절실한 욕구가 직접적으로는 꿈을 꾸려는 욕구를 반영하고 있지만, 간접적으로는 "신화에 대한 욕구를 입증해준다"라는 것이다. 한 걸음 더 나아가 그는 "꿈의 차원과 관련하여 이 '신화'는 무엇보다도 이야기를 반영한다"(엘리아데, 「문학적 상상력과 종교의 구조」, 『상징, 신성, 예술』, 박규태 옮김, 서광사, 300쪽)고 주장한다. 그의 주장은 인간의 생리학적 욕구가 '서사시'와 같은 장르를 만들어낸 사실을 뒷받침하고 있다. 서사시에 담긴 이야기의 속성이 인간의 몸에 무의식으로 남아있는 뿌리 깊은 욕망을 꿈의 형태로 반영해주고 있다는 것이다. 서사시의 장르는 수천 년 전부터 19세기 낭만주의 시대까지 면면히 계승되어 왔다. 19세기에 번창하기 시작한 소설이 그 역할을 빼앗아가면서 서사시는 안방을 내주고 서정시의 초라한 몫만을 챙기게 되었다.

서사시의 속성을 꿈이나 이야기와 연계시키는 엘리아데의 지적은 인간의 삶이 머리뿐만 아니라 몸으로 감당해야만 하는 몫을 환기해준다. 몸은 생각하기 전에 반응하는 불수의적인 반응기관을 거느리고 있다. 몸의 불수의적인 속성은 내장기관의 운동 기능과 같은 것을 떠올리게도 하지만 삶의 유구한 어울림의 습성으로 무의식 속에 체화된 것들, 보다 구체적으로 말해서 자연이나 인간 집단에 대한 경외감과 갈등의 체험 같은 것들도 몸의 불수의적인 속성으로 지적할 수가 있다. 일찍이 융이 "집단무의식"이라는 이름으로 거론한 것이 이런 사례에 속할 것이다. 이런 경우에 우리 몸이 이야기로 꿈꾸고 싶어 하는 내용은 '어울림의 관념'이 아니라 '어울림의 사건'이라는 점이 중요하다. 자연이나 인간과 어우러지는 관계 속에서 구체적으로 몸이 감당하는 사건들이 우리들의 무의식에 저장되었다가 꿈으로 발현되는 것이다.

이러한 자연이나 인간 집단과의 어우러짐 속에서 빚어지는 구체적인 사건들을 서술하는 표현법을 현대시는 '새로운 서정'이라는 명분 아래 배제해버리거나 주관적인 관념으로 탈색해 버리고 말았다. 새로운 서정의 배후에는 인간의 꿈에 대한 욕망을 자아가 타자로부터 입은 성애의 흔적으로 대체해버린 정신분석학의 입장이 도사리고 있기도 하다. 이런 정신분석학의 입장에 동의할 수 없어서 카를 구스타프 융은 "분석심리학"이라는 명칭으로 신화나 서사시에 반영된 집단무의식의 가치를 내세우며 스승이자 정신분석학의 창립자인 지그문트 프로이트와 갈라서고 말았다. 정신분석학의 입장에서 파괴적 에너지를 내장한 리비도는 악몽으로 표현되며(뭉크의 〈절규〉), 악몽에 괴로워하는 자아는 악몽을 유발하는 현실로부터 고립을 지향하고, 그런 지향의 결과는 당연히 내면화의 길을 수밖에 없다. 따라서 현대시가 자아의 고립과 내면화의 길을 지향한 것은 꿈을 악몽으로 돌이킨 결과일 것이다.

그런데 20세기 초반에 정신분석학이 발굴해낸 고립과 내면화의 길을 21세기의 현대시가 온전하게 계승할 필요가 있을까? 그런 점에서 고립과 내면화의 길을 선택한 20세기 현대시의 운명을 다시 돌이킬 시점이 되었다. 인간이 오랜 세월 동안 항상적으로 유지한 몸의 구조와 불수의적인 꿈의 욕망을 이야기로 풀어내는 시의 방향을 고민해볼 시점이 된 것이다. 그렇다면 항상적인 몸의 욕구인 '렘수면'을 박탈당해서 짜증과 불안에 시달리는 현대시의 증상을 치유할 방법은 어떤 이야기의 모형으로 제시될 수 있을까?

리듬의 역할

이제는 소설에 자리를 뺏겨버린 서사시의 몸체에서 우리가 주목해야만 할 또 하나의 시적 요소는 리듬이다. 동서양의 시적 전통에서 오랜 세월 동안 시를 사람들의 생활 속에 밀착시켜 놓은 요소는 시의 의미라기보다 시의 리듬이었다. 그것은 고대의 서사시가 의미가 비교적 단순한 사항들을 주술적으로 풀어내는 내용이었다는 점을 되새겨보고, 시가 생활 속에 자리 잡기 위해 가장 중요한 요소가 몸의 흥취라는 점을 상기해보면 납득이 될 것이다. 주술적인 내용이 제의적 경외감을 부추기고 역사적인 내용이 가르침의 효과를 안겨주는 사실을 고려해보면 서사시의 내용이 그것을 듣는 청중에게 자발적이면서 즉흥적인 흥을 일깨우기는 쉽지 않았을 듯하다. 그리고 많은 서사시에서 서술되는 내용들은 반복적으로 적용되는 신화나 역사적 사실 때문에 지루함의 반응을 일으켰을 법도 하다. 하지만 시에 일정하게 적용되는 운율은 그것을 듣는 이의 흥을 자발적으로 불러일으키는 법이다. 머리로 감식하기도 전에 몸을 먼저 들썩이게 만드는 리듬 작용. 이런 경우에 시는 의미로 수용되는 효과보다 노래로 수용되는 효과가 클 것이다. 노래는 가사보다 멜로디나 리듬이 몸을 먼저 사로잡으므로. 시는 오랜 세월 동안 그런 노래와 자웅동체였던 것이다.

노래로 감상하는 시의 기능이 더욱 중요한 까닭은 노래가 고립된 시의 감상 조건을 해방해준다는 점에 있다. 노래로서의 시는 먼저 나의 두뇌를 통한 인지기능에 갇혀있던 몸의 참여 영역을 가슴과 어깨와 팔짓과 허리로 확장해주는 역할을 수행하게 된다. 시를 노래처럼 부르는 행위가 자연스럽게 우리의 온몸을 끌어들이고 참여시키기 때문이다. 더구나 노래로서의 시는 낭송자와 청자의 공동 참여를 촉발하는 사회적 연대 기능을 수행할 수도 있다. 조용하게 고립된 공간에 갇혀서 시각을 활용하는 단독자로서의 시 읽기 체험을 열린 공간으로 확장하고 소통하게 만드는 역할을 낭송시 체험이 감당할 수 있는 것이다.

1980년대 미국의 할렘가에서 흑인이나 스페인계 청소년들이 만들어낸 댄스음악 '힙합'이 1990년대에 한국으로 유입되었을 때도 그 음악 장르가 한국의 주체적인 음악 장르로 자리 잡을 것이라는 예측을 하지는 못했다. 무엇보다도 한글의 받침이 많은 철자법이 빠른 속도로 읊어야만 하는 힙합 랩의 리듬감에 적응할 수 없을 것이라는 견해가 자주 거론되었기 때문이다. 하지만 그런 견해를 무색하게 만들 만큼 지금 우리 사회에서도 10대부터 30대에 이르는 젊은 세대를 중심으로 힙합은 탄탄한 자기 영역을 확보해나가고 있다. 이렇게 힙합 랩이 자기 영역을 확보해나갈 수 있었던 까닭은 어려운 발음 때문에 이해하기 어려운 가사 내용을(한국의 현대시처럼) 비트로 대표되는 강력한 리듬감과 몸의 율동이 보상해주고 있기 때문이다. 그것은 수십 년 동안 우리가 팝송이나 샹송의 가사를 모르면서도 그 음악을 즐길 수 있었던 까닭이 음악의 멜로디나 리듬이었던 사실과도 다르지 않다. 지금 한국의 힙합을 선도하는 래퍼나 힙합 지망생들은 비트 리듬이나 그것과 자연스럽게 어울릴 춤 못지않게 창의적인 가사 창작에도 매진하고 있다. 오늘날 대중음악의 장르에서 대체로 창작자와 가수가 분리된 것과는 달리 힙합 래퍼의 경우에는 창작자가 가수와 춤꾼의 능력까지 겸비해야만 하는 것이 상례이다. 그것은 1960년대 미국이나 한국에서 포크송으로 분류되던 가수들이 작사와 작곡 그리고 노래까지 겸비했던 경우를 계승하고 있다. 그리고 이 전통을 거슬러 올라가면 중세의 음유시인과 고대의 서사시 장르까지 이르게 된다.

모더니즘 시 읽기의 부작용

한국의 현대시가 20세기 전반기에 일본 유학파를 중심으로 서구의 문예사조와 창작기법을 수용하는 흐름 속에서 가장 주도권을 장악한 것은 모더니즘의 표현양식이었다. 감성보다 지적인 관념을 난해한 이미지로 표현하는데 주력한 시적 상상력은 1930년대와 1950년대, 그리고 1980년대에 가장 왕성한 결실을 과시하였는데 2000년대 이후로 그런 흐름이 한국 시단에서 재연되고 있는 느낌을 받는다. 삶에 대한 서정보다 언어에 대한 자의식이 중요해진 시단의 흐름 속에서 현대시는 어느 때보다 사회적 연대성을 상실하고 몸의 흥취를 즐기는 속성을 상실해가고 있다. 현대시는 거의 읽기도 어렵고 읽어도 지루한 기호품이 되어버렸다. 새로운 삶의 진실을 탐침 하는 알리바이를 내세우는 한국 현대시의 발언은 이제 거의 강박증 환자의 신음으로 받아들여질 지경이다. 시가 노래를 놓쳐버린 시대에 노래와 춤을 하나로 엮으며 시까지 랩으로 끌어들이고 싶어 하는 힙합 래퍼들의 의욕이 상대적으로 대견해 보이는 심정이다. 이들의 의욕 속에서 우리 현대시가 복원하면서 갱신해야 할 시쓰기의 방법론을 고민해볼 필요가 있을 것이다.

자유로운 언어와 몸의 축제

— 김혜순론

자유로움과 새로움의 방법론 – 언어

김혜순의 시세계를 일목요연하게 정리하기는 어렵다. 어렵다기보다 부질없어 보이기까지 한다. 김혜순 시세계의 핵심이 일목요연을 거부하는 데 있기 때문이다. 김혜순 시세계의 핵심은 자유로움이나 새로움이므로 늘 다른 세계를 열어 보이는 작업에 전념했다고 평가하는 것이 마땅하다. 자유로움이나 새로움은 현대예술이나 문학의 가장 핵심적 요소이면서도 선천적인 재능이나 치열한 노력을 요청하기에 그런 요소를 충실하게 구현하기 어렵다. 자유로움이나 새로움을 철저하게 실천하려면 긴장과 집중을 늦출 수 없어서 어느새 체력과 정신력이 바닥나기 마련이다. 그래서 그런 예술이나 문학의 길은 치명적일 수밖에 없다. 치명적이더라도 자유로움이나 새로움을 밀고 나가려면 자유로움이나 새로움을 절실하게 밀어붙일 만한 동기부여가 필요하다. 그래서였을까, 김혜순의 시 쓰기는 어느 시점에서부터 한 가지 요소를 더욱 중요하게 부각하기 시작했다. 그리고 그런 요소는 후기 시세계로 나아갈수록 점점 강화되고 있는 느낌이다. 과연 그것이 무엇일까?

나로서는 그런 요소가 선명하게 부각되기 시작한 시점이 여섯 번째 시집인 『불쌍한 사랑기계』라고 단정하고 싶다. 이 시집에서 그런 요소를 가장 선연한 이미지로 표현하고 있는 장면은 다음과 같다.

> 내시경 찍고 왔다. 그다음 아무에게나 물어보았다. 너 내장 속에 불 켜본 적 있니? 한없이 질량이 나가는 어둠, 이것이 나의 본질이었나? 내 어둠 속에 불이 켜졌을 때, 나는 마치 압핀에 꽂힌 풍뎅이처럼, 주둥이에 검은 줄을 물고 붕 붕 붕 붕 고개를 내흔들었다. 단숨에 나는 파충류를 거쳐 빛에 맞아 뒤집어진 풍뎅이로 역진화해나갔다.
>
> ― 「쥐」 부분

내시경 검사를 받으면서 드러나는 내장의 선연한 풍경보다 압도적인 장면은 자지러지게 몸을 뒤틀며 힘겨워하는 화자의 모습이다. 그 모습이 더욱 돋보이는 근거는 인간을 풍뎅이로 전락시켜 놓는 시선이다. 카프카의 「변신」에 등장하는 주인공을 연상하게 만드는 고통스러워하는 갑각류를 선연하게 부각해놓으면서 화자는 이런 물음을 던진다 "이것이 나의 본질이었나?" 이 물음이 김혜순의 전반기 시세계로부터 변화된 요소를 찾아보게 만든다.

그렇다면 김혜순의 전반기 시세계를 이끌어간 자유로움이나 새로움이란 어떤 상상력의 풍경들로 제시되었을까? 그런 풍경을 살펴보는 데 도움이 될 만한 참고사항을 시인은 첫 번째 시집인 『또 다른 별에서』의 「후기」에 제시해놓은 바 있다. 그 내용은 "한 구멍에서 또 다른 구멍으로 필사적으로 도망간다"이다. 자유롭거나 새로운 상상력이 필사적인 도주의 방편이라는 발언과 함께 시인이 드러내는 또 하나의 중요한 단서는 '능욕'과 '굴복'이다. 이런 단서들을 함께 아우르면 능욕당하고 굴복해야만 하는 현실이 억울하고 두려워 도주하려는 삶의 자세가 자유롭고 새로운 시적 상상력을 도모하게 만들었다고 판단할 수 있다. 그렇다면 도주의 방편으로 제시되는 상상력의 풍경은 과연 어떠할까?

모두 말을 해 봐요. 말이 사라지는 것을 봐요. 오늘 말들은 걸어서 저 숲속으로 가네요. 말들이 낡은 나무 의자에 기대고 황금기타를 치고 있네요.

－「말」 부분, 『또 다른 별에서』

침을 퉤퉤 뱉아
만들었다는 묵
…(중략)…
그것을 길에 냅다 쏟아부으면
민방위날 서울 한복판처럼
자동차들이 몽땅 멈추고

새는 물론
새를 따라가던 총알이 공중에
그대로 멎는다 한다
말 또한 뱉아지는 대신 삼켜진다고 한다

-「침묵」 부분, 『우리들의 음화(陰畵)』

　두 작품에서 도주의 방편으로 부각되는 것은 무엇보다도 '언어'
에 대한 상상력이다. 먼저 "말이 사라지는 것"을 환기하는 상상력
은 낡은 언어가 이끌어가는 삶의 가치와 질서가 퇴색하거나 무기
력해지는 현실을 부각해놓고 있다. "낡은 나무의자에 기대고" 있는
"말"의 알레고리가 그런 현실을 표상한다. 그러면서도 낡은 언어
가 여전히 기득권을 누리는 현실을 "황금기타를 치고 있"다고 풍자
하기도 한다. 김혜순의 낡은 언어에 대한 비판적 상상력이 돋보이
는 장면은 발랄한 유머와 말장난을 동원하고 있는 「침묵」에서 확인
된다. 먼저 "침을 퉤퉤 뱉아/ 만들었다는 묵"으로 경쾌하게 시작되
는 유머와 말장난은 낡았거나 상투적인 언어표현 방식에 대한 비아
냥거림으로 읽힌다. 게다가 상투적인 언어표현을 침묵과 동일시하
고 침묵의 상태를 민방위훈련 상황에 비유해놓으면서 비아냥거림
의 효과는 더욱 돋보이게 된다. 그리고 민방위훈련과 연계된 표현
들은 모두 마비의 속성을 환기해준다. 결국 낡은 언어표현이란 삶
에 대한 모욕이며 삶을 마비시키는 부작용을 초래하는 침묵과 다를
바 없다는 인식이 김혜순의 시쓰기를 압박하고 있는 셈이다. 시인

의 전반기 시세계는 그렇게 낡거나 경직된 언어의 압박에 굴복하거나 능욕당하지 않을 수 있는 새로운 언어의 방법론을 탐구하는 일에 경사되어 있다.

언어로부터 몸으로

그렇다면 과연 여섯 번째 시집부터 뚜렷하게 변화되기 시작하는 김혜순 시세계의 새로운 코드는 무엇일까? 그것은 한마디로 몸, 그것도 여성의 몸에 대한 관심이라고 규정할 수 있다. 김혜순의 여섯 번째 시집 『불쌍한 사랑기계』는 1990년대 후반에 출간되었다. 그리고 1990년대 우리사회와 문화계의 화두는 단연코 몸과 욕망이었다. 앞에서 살펴본, 여섯 번째 시집에 수록된 작품 「쥐」에서도 돋보이는 것은 몸의 선연한 반응이다. 그 반응이 더욱 돋보이는 까닭은 '즉물적인' 실감을 표현하고 있기 때문이다. 즉물적인 실감은 후반기 시세계가 지속적으로 노정하고 있는 중요한 속성인 바, 그 속성은 전반기 시세계가 견지해온 '거리 두기' 속성과 대별된다는 점에서도 주목할 만하다. 김혜순의 전반기 시세계가 언어에 관한 방법론적 탐구에 경사되어 있다는 점에서 시적 화자와 대상의 '거리 두기' 속성은 불가피한 전략이었다. 추상적인 언어의 방법론을 시적 대상으로 삼는 조건 속에서 시적 대상에 대한 즉물적 실감을 확보하기가 어렵기 때문이다. 어쩔 수 없이 아니면 의도적으로라도 시는 즉물적 실감보다 관념적인, 그리고 분석적인 표현양식을 구축할 수밖에 없어지는 것이다.

프랙털 도형의 시적 구조

여섯 번째 시집의 「후기」에는 시인의 새로운 시적 화두로 부상한 몸을 뒷받침하는 중요한 단서가 제시되어 있기도 하다. 그것은 바로 '프랙털 도형'이다. 부분의 형상이 전체의 형상과 유사한 구조를 보여주는 프랙털 도형에서 김혜순은 시인을 포함한 여성이라는 개인의 몸과 여성이라는 전체 몸의 관계를 찾아내고 있다. 그런데 나에게는 그 도형이 여성을 넘어서는 시인 자신의 몸과 다채로운 시적 대상과의 관계성을 반영하는 도구로 받아들여진다.

> 물동이 인 여자들의 가랑이 아래 눕고 싶다
> 저 아래 우물에서 동이 가득 물을 이고
> 언덕을 오르는 여자들의 가랑이 아래 눕고 싶다
> …(중략)…
>
> 가파른 계단을 다 올라
> 더 이상 올라갈 곳 없는
> 물동이들이 줄기 끝
> 위태로운 가지에 쏟아 부어진다

허공중에 분홍색 꽃이 한꺼번에 핀다

분홍색 꽃나무 한 그루 허공을 닦는다
겨우내 텅 비었던 그곳이 몇 나절 찬찬히 닦인다
물동이 인 여자들이 치켜든
분홍색 대걸레가 환하다
　　　　　　　－「환한 걸레」 부분, 『불쌍한 사랑기계』

　"물동이 인 여자들"은 나무와 여성의 몸을 구체적인 형상뿐만 아
니라 속성까지 연계시키는 참신한 상상력이 발휘되고 있다는 점에
서 프랙털 도형의 모범적인 시적 반영체로 내세울 만하다. 나무뿌
리에서 줄기를 거쳐 가지로 뻗어 올라가는 나무의 수액 상승과정을
물동이 인 여자들이라고 표현한 상상력은 실감 나는 즉물성을 구현
하고 있다. 나무의 몸과 여성의 몸을 하나로 교감시키면서 그것을
다시 시인의 몸과 접합시키는 상상력은 꽃의 절정을 선보이는데 그
것마저 예사롭지 않다. 꽃이 피어 있는 정황을 "허공을 닦는다"라
고 표현한 것은 나뭇가지 끝에 피어 있는 꽃이 바람에 흔들리는 모
습을 연상하면 어렵지 않게 공감이 될 만하지만 "닦는다"의 비밀은
다른 곳에 도사리고 있다. 그것이 "분홍색 대걸레"의 역할로 표현
되어 있기 때문이다. 꽃을 걸레라고 바라보는 역설이 "닦는다"라는
정황을 빚어낸 셈인데, 이 역설은 놀랍게도 기능은 물론이거니와
형상적으로도 유사함의 공감대를 확보하고 있다. 나뭇가지에 꽃이

피어 있는 형상과 "대걸레"를 거꾸로 세워놓은 모양을 연상해보면 수월하게 유사성이 입증된다.

그렇더라도 중요한 비밀이 아직 풀리지 않았다. 하필이면 대걸레인가? 비밀은 시인이 여성의 몸을 나무의 몸에 비유하고 있다는 사실에서 밝혀진다. 여성의 몸이 수액을 퍼 올리며 꽃을 피워내는 나무이면서 대걸레라는 사실은 여성의 몸이 불평등하면서 지난한 사회적 조건 속에서 감당해온 역사적 삶을 환기하는 것으로 충분할 것이다. 시인은 여성의 왕성한 생명력 활동뿐만 아니라 지난한 삶의 조건을 감당해야만 하는 몸의 역할을 주목하고 있는 것이다.

바리데기 연희

대걸레의 역설은 김혜순이 2000년대 초반에 펴낸 산문집 『여성이 글을 쓴다는 것은』에도 반영되어 있다. 산문집의 「책머리」에서 밝힌 대로 이 산문집에 수록된 글들은 1990년대에 그녀가 참여했던 "비밀결사와도 같았던 한 모임", 페미니즘과 연관된 공부모임의 결실인데, 이 산문집에서 그녀는 "바리데기 연희"를 언급하고 있다. 바리데기 신화가 무속으로 확장된 연희에서 중요한 바리공주, 혹은 바리데기의 역할은 버림받은 삶의 조건 속에서 죽음과 소통하면서 삶을 소생시키는 것이다. 이 바리데기 연희야말로 꽃나무의 대걸레질과 또 하나의 프랙털 구조를 이루고 있다. 그런 점에서 김혜순의 후반기 시쓰기는 이 바리데기 연희에 참여하는 무당의 접신술과 유사해 보인다. 그녀의 시쓰기는 일차적으로 버려지고 고난을 겪은 수많은 여성들의 혼령과 접신하는 몸의 신들림을 표현해내고 있다. 앞에서 살펴본 작품 「쥐」에서 내시경을 몸에 넣자 몸을 푸들푸들 뒤틀며 괴로워하는, 풍뎅이로 역진화해 가는 반응을 드러내는 몸이 그런 신들림의 반영일 것이다. 이 신들림을 몸으로 겪어내는 것을 세간에서는 병이 들었다고 한다. 아무런 처방으로도 치유할 수 없는 이 병을 시인은 바리데기가 그랬던 것처럼 삶을 살아내기 위한 죽음의 과정으로 받아들인다.

> 그대가 답장을 보내왔다
> 아니다 그대는 답장을 보내지 않았는데
> 나는 답장을 읽는다
> 病은 답장이다
>
> (그대가 이 몸속에 떨어져 한 번 더
> 살겠다고,
> 마지막으로 한 번 더 살아보겠다고
> 뜨거운 실핏줄 줄기를 확,
> 뻗치는구나 견딘다는 게 병드는 거구나)

– 「病」 부분, 『달력 공장 공장장님 보세요』

"病"은 아파하면서, 죽음을 미리 겪어보면서 삶을 살아내는 과정으로서만 중요한 것은 아니다. 병의 더 중요한 비밀은 병을 통해서 그대와 내가 소통하고 교감할 수 있다는 사실이다. 병은 나에게 "그대가 답장을 보내"온 것이다. 병을 통해서 "그대가 이 몸속에 떨어져 한 번 더/ 살" 수 있는 기회가 마련된다. 그런데 이 작품에서는 병의 또 다른 비밀이 밝혀지고 있기도 하다. 아픔을 그대와 나의 소통관계로 만들면서 죽음을 이겨내게 하는 병의 또 다른 비밀은 바로 "뜨거운 실핏줄"이다. 핏줄은 개체로서의 여성을 보편적 여성의 정체성과 소통하게 만들어준다. "몸속에 흐르는 내 천 개의 강이/ 너에게로 한없이 흐르고 싶은 이 물"(「月印千江之曲」, 같은 시집)이란 바로 달로 상징되는 여성의 정체성과 교감하려는 욕망의 실핏줄과 동일체이다.

소통의 조건

이때 김혜순의 상상력에서 실핏줄과 강을 동일체로 만드는 조건을 주목할 필요가 있다. 그것은 바로 실핏줄을 수식하는 '뜨거운'과 강을 수식하는 '천 개'이다. 두 가지 수식어는 소통의 절실한 조건을 암시해주고 있다. 먼저 피의 조건을 살펴보자. 피는 뜨거운 상태에서 굳지 않을 수 있다. 바꾸어 말해서 살아있는 뜨거운 피만 소통의 기능을 수행할 수가 있는 것이다. 그렇다면 천 개의 강은 어떠한 조건을 암시하는가? 그것은 매 순간 다른 곳으로 흐를 수 있는 가능성을 암시해주고 있다. 김혜순이 피와 물의 이미지로 환기해주는 소통의 조건이란 이처럼 매 순간 격렬하게 흐를 수 있는 속성을 간직하고 있다. 그런 속성을 저버리는 순간 소통의 현실이 다음처럼 뒤바뀔 수 있기 때문이다.

냉장고와 얼음

나보다 먼저 내 발이 너에게로 가려고 하는 것, 필사적으로 참고 있다. 나보다 먼저 내 입술이 너에게로 가려고 하는 것, 나는 필사적으로 참고 있다. 나보다 먼저 내 입술이 너에게 가려고 하는 것, 나는 필사적으로 참고 있다. 벌써 이렇게 참은 지 수십 년. 생각해보니 참 묘하다. 내가 이렇게 참고 있었던 건 내가 내 소유의 냉장고를 갖게 된 후부터인 것도 같다. 그러나저러나 나는 생각해왔다. 내 머릿속은 얼음으로 꽉 차 있고, 내 차디찬 발을 만진 사람은 모두 기절한다. 내 가슴속에 들어오는 사람은 누구나 입술이 얼어붙는다. 그러니 여기서 한 발자국도 움직이지 말자. 아무에게도 손 뻗지 말자.

― 「오래된 냉장고」 부분, 『한 잔의 붉은 거울』

"냉장고"는 소통을 가로막는 감옥이다. 더욱 재미있는 사실은 냉장고와 얼음은 형상과 기능에서도 유사한 프랙털 도형의 구조를 갖고 있다는 점이다. 예상한 대로 냉장고나 얼음의 역할은 마비("기절

한다")와 침묵("입술이 얼어붙는다")을 조장하는 데 있다. 그런데 더 중요한 부정적 기능은 스스로를 유폐시키는 자의식을 초래하는 점이다("여기서 한 발자국도 움직이지 말자. 아무에게도 손 뻗지 말자."). 게다가 김혜순의 시세계는 상호대립적인 현실을 모두 참신하게 표현해내는 묘미를 선보이고 있어서 유폐의 자의식도 "당신 속의 당신은 당신의 몸을 안으로 단단히 당겨 잡고 있습니다. 그래서 당신의 손톱은 안쪽으로 동그랗게 말려 들고, 당신의 귓바퀴 또한 당신의 몸속으로 소용돌이치며 빨려들고 있습니다"(「얼굴」 부분, 같은 시집)와 같은 구체적 실감을 마련해놓기까지 한다.

얼음공주와 신데렐라

이렇게 스스로 유폐되려는 자의식을 다시 자신의 몸 밖으로 호출하고 타자와 소통하게 만들 수 있는 상상력의 장치로 김혜순이 부려내는 것은 '얼음공주'와 '신데렐라'의 우화이다. 얼음공주와 신데렐라는 일차적으로는 상호대립적인 존재로 제시되어 있다. 얼음공주는 산속에 유폐되어 있으며 신데렐라는 사람들이 모여드는 무도회장의 주인공이다. 일차적인 모습만으로 판단한다면 소통의 방향은 얼음공주에서 신데렐라로 변화되는 과정을 요청할 것처럼 보인다. 하지만 두 존재의 성격에 '눈물'이 개입되면서 소통의 방향은 뒤바뀐다. 먼저 얼음공주의 경우를 살펴보자.

얼음공주가 그곳에서 눈물농사 짓는단 얘기 들어본 적 있나요? 얼음공주가 힘껏 울면 6월이고요, 얼음공주가 눈물을 그치면 10월이에요. 공주가 눈물 그치면 사람들은 움막 밖으로 한 발자국도 나오지 않고요, 짐승들도 제 우리에 웅크리고 옴마니반메훔 옴마니반메훔 그러고만 있어요. 길인지 자갈밭인지는 아무도 돌아다니지 않아요. 그러다 6월이 오면 메아리시녀들이 곡간 문 열어요. 그러면 눈물이 바위산 아래로 큰 강물 이루어 흘러내려요. 양 떼를 몰고 사람들은 그 흐르는 눈물 곁으로 이사 가고요.

－「눈물 농사」 부분, 『당신의 첫』

얼음공주의 본모습은 눈물공주였으며 그녀의 역할은 유폐가 아니라 소통이었음이 밝혀지고 있다. 산꼭대기 빙하가 그렇듯이 그녀의 유폐는 소통을 예비하기 위한 준비과정이었을 따름이다. 그런데 소통의 방식이 눈물이라는 점도 주목할 필요가 있다. 눈물은 소통의 본질이 고통과 슬픔 속에 자리 잡고 있다는 점을 밝혀주고 있기 때문이다. 그리고 바로 그 점에서 신데렐라의 존재 성격은 다르게 밝혀질 수밖에 없다.

오늘은 무도회의 날 얼음궁전에서 들려오는 얼음 종소리
…(중략)…
그러나 이제 돌아가야 할 시간 얼음닭이 길게 울었어
한없이 몸속에서 눈물이 솟구치는 저곳엔 정말 가기 싫어
저곳에 붉은 꽃 핀 자리는 내 가슴을 꿰맨 자리

나 더러운 그 자리 다시는 보기 싫어

- 「신데렐라」 부분, 같은 시집

신데렐라가 현재 누리는 화려한 소통의 자리가 사실은 억압과 침묵의 얼음 속에 갇혀있는 자리라는 사실이 밝혀지면서 신데렐라의 존재 성격도 변화된다. 그런데 신데렐라의 더 중요한 존재 성격은 그녀가 본래의 자리, "한없이 눈물이 솟구치는 저곳엔 정말 가기 싫어"라는 고백을 들려주는 현실 속에서 밝혀지고 있다. 고통과 슬픔을 감내해야만 하는 눈물의 현실을 회피하는 마음이 드러나고 있기 때문이다. 그녀야말로 냉장고의 세계로 돌아가고 싶어 하는 얼음공주의 정체성을 간직하고 있는 것이다. 이처럼 눈물이 개입되면서 신데렐라는 전락하고 얼음공주는 부상한다. 얼음공주의 진면목이 눈물공주라는 사실이 밝혀지면서 슬픔과 고통을 소통의 존재조건으로 감내하는 눈물공주의 모습은 바리데기와 겹쳐지기까지 한다. 그런데 과연 이뿐일까? 김혜순 시세계의 비밀은 아무리 벗겨도 새로운 속살이 드러나는 양파 같은 묘미를 간직하고 있어서 눈물의 껍질을 또 하나 벗겨주는 매력을 과시한다.

솟구치는 물과 비명

저 바닥에 쏟아진 물처럼 흥건해지지 않으려고

강물처럼 흘러 가버리지 않으려고
온몸으로 붉은 피 끌어 올려
희디흰 물뼈다귀 세우는 나의 주문
　　　　　　　　－「분수」부분,『한 잔의 붉은 거울』

　그것이 피건, 강물이건, 눈물이건 상관없이, 그리고 심지어는 소통되지 않더라도 상관없이 절실하게 몸으로 사무치는 존재감이 부각될 때가 있다. "흥건해지지 않으려"는, 그리고 "흘러가버리지 않으려"는 마음이 바로 그런 존재감을 담아내고 있다. 퍼질러져 있는 무력감을 거부하고 떠나가 버리고 마는 상실감을 용납할 수 없는 의지가 강력한 존재감의 분출을 누리고 싶어 한다. 확, 저지르고 싶은 충동과 나의 자존감을 극대화하고 싶은 열망이 솟구치는 물의 역동성을 주목하게 만든다. 솟구치는 물은 수평적으로 소통하는 물의 속성을 위반하고 싶은 욕망의 표현이다. 그렇다면 솟구치는 열망과 존재감을 만끽하면서 소통할 수는 없을까?

내 몸속에 한 뭉치 비명이 없으면
나는 내 몸 밖을 내다보지도 못하겠지요
지금 이런 말, 하지도 못하겠지요
당신이 내 몸속 물기둥 분수처럼 끌어 올려
이렇게 세워두고, 나를 끌고 다니는 동안
나는 눈에 불 켜고 살아 있겠지요
　　　　　　　　－「비명생명」부분,『당신의 첫』

슬픔이 눈물을 통해서 수평이나 아래로 소통하는 기능을 감당하는 반면에 고통은 "비명"을 통해서 수직으로 상승하는 소통의 역할을 수행할 수가 있다. 비명을 지르면서 "나는 내 몸 밖을 내다보"는 소통의 가능성을 탐색할 수가 있다. 비명을 통해서 "내 몸속 물기둥 분수처럼 끌어 올려" 나는 당신과 소통할 수가 있다. 그 소통은 불편한 소통이다. 그 소통은 "눈에 불 켜고 살아 있"게 만드는 뜨거운 핏줄의 관계를 만들어준다. 비명은 고요한 슬픔의 눈물을 격렬한 흐느낌의 눈물로 바꾸어 놓기도 한다. "몸속에서 춤추는 사람 천 명이 쏟아져 나"오고 "몸에서 북 치는 사람 천 명이 쏟아져 나"(「흐느낌」, 『한 잔의 붉은 거울』)오게 하는 격렬한 흐느낌은 자신을 일으켜 세워 남에게 도달하는 길을 열어준다.

바리데기 연희와 돼지 사육제

나로서는 이런 뜨거운 비명과 흐느낌이, 격렬하게 몸을 뒤채거나 곧추세우는 이런 소통의 방식이 바리데기 연희에 참여하는 김혜순의 시쓰기와 찰떡궁합을 이루고 있다고 주장하고 싶다. 절망과 고통이 깊어질수록 그것을 이겨내려는 몸짓은 격렬하고 뜨거운 반응을 만들어내기 때문이다. 그런 사례를 우리는 이미 여섯 번째 시집에 실린 작품 「쥐」를 살펴보면서 실감 나게 목도한 바 있다. 가장 최근에 김혜순이 펴낸 시집 『피어라 돼지』에서 돼지의 수난을 인간과 시인 자신의 욕망과 폭력과 수치와 죽음으로 표현해내는 알레고리는 격렬한 몸짓의 다채로운 만화경을 제시하고 있는데, 그 우화의 만화경이야말로 시적 대상을 "비추다가 내쫓는"(「한 잔의 붉은 거울」, 『한 잔의 붉은 거울』) 거울의 한계를 뛰어넘으려는 적극적인 소통의 매개체로 여겨진다. 그것은 돼지의 오욕과 죽음을 체험하는 무속의 접신술을 동원하고 있다.

일찍이 바리데기 연희의 형식을 시적 상상력으로 표현하는 작업을 선보인 김혜순은 이번에 바리데기의 자리에 돼지를 앉혀놓고 있다. 바리데기 민담에서 바리공주는 스스로를 희생하여 병든 부모를 살리는 결과를 만들어냈다. 그렇다면 돼지는? 돼지는 자신을 죽여서 병든 인간을 살려내는가? 바리공주와 같은 여성의 정체성을 가진 김혜순은 바리의 삶을 여성의 사회적 조건과 가능성을 탐문하는 상상력으로 표현한 바 있다. 김혜순은 바리와 같은 희생을 요구하는 여성의 사회적 조건과 그런 조건을 극복해낼 수 있는 여성의 가능성을 매 순간 새로운 몸의 상상력으로 탐구해왔다. 그런데 돼지는 여성의 정체성을 공유하지 않는다. 그러면서도 돼지는 여성보다 훨씬 절망적인 생존의 조건 속에서 인간을 위한 희생의 운명을 강요당하고 있다. 더구나 현대사회의 유전공학은 돼지에게 인간을 복제할 수 있는 새로운 운명까지 덧씌워 놓았으니 놀랍게도 돼지는 자기 몸을 희생하여 인간의 생명을 되살리는 바리공주의 임무를 수행하고 있는 것처럼 보이기도 한다. 그러나 불행하게도 이 역할은 일방적으로 강요당한 폭력의 결과일 뿐이다. 이 비극적인 희생의 결과를 김혜순은 돼지의 육성으로 이렇게 증언한다.

그런데 고깃덩어리만 남은 내가 내 얼굴을 알아볼까? 당신은 연두
색 형광조끼를 입고 와서 내 사지를 묶어서 질질 끌고 간다. 당신은 내
간, 당신은 내 콩팥, 당신은 내 심장, 당신은 내 눈알, 당신은 내 피부,
간절히 울부짖어도 당신은 내가 당신인 줄도 모르고 나를 끌고 간다.
　　　　　　　　　　　　　　　　－「돼지에게 돼지가」 부분, 『피어라 돼지』

인간을 복제하는 돼지의 희생이 비극적인 까닭은 첫째로 인간을
위한 돼지의 삶이 "고깃덩이로만 남은" 상태에 있어서 자신의 존
재감을 보장받지 못한다는 점에 있다. "내가 내 얼굴을 알아볼까?"
가 그런 상황에 대한 되새김이다. 두 번째 비극은 인간의 일부로
탄생한 돼지를 인간이 자각하지 못한다는 점이다. 이렇게 인간과
의 소통을 부정당하고 자기 존재감마저 상실해버린 돼지의 존재조
건이 시인에게 인간의 존재가치에 대한 뼈아픈 질책을 이끌어내게
한다. 그런 점에서 소제목인 '돼지에게 돼지가'에서 앞의 '돼지'는
인간을, 그것도 탐욕에 휩싸여 양심과 수치심을 상실한 인간을 비
판적으로 환기하고 있다.
　이렇듯 돼지의 비극적인 현실과 왜곡된 죽음에 접신하는 김혜순
의 시쓰기는 바리데기 연희처럼 죽음과 삶을, 절망과 희망을 소통
시키지 못한다. 그것은 오로지 절망을 향한 인간의 폭력을 신랄하
고 격렬하게 부각시킬 따름이다. 절망의 행로를 상징하는 돼지 사

육제를 클로즈업해 보인 김혜순의 새로운 상상력이 어떤 방향으로 나아갈지 궁금해진다.

제2부
전환기 문단의 풍경

황재우로부터 황지우로의 기행

학림다방과 센강

그들은 내가 안중에도 없었다. 각자 가방에서 무언가 적힌 종이를 꺼내더니 재빨리 교환하고 그것에 시선을 집중했다. 나도 모르게 긴장해서 침을 삼켰다. 창밖에는 플라타너스 너머로 그들이 "세느"라고 부르는 개천이 침묵처럼 흘렀다. 1973년 봄의 동숭동 서울대학교 문리대 앞을 흐르는 개천과 다리는 여느 대학교 개천들이 그렇듯이 1930년대 모더니스트들의 이국취향을 반영한 세느와 미라보를 기꺼운 호칭으로 거느렸다. 그것은 낙엽을 구태여 "폴란드 망명 정부의 지폐"로 호명한 어느 이미지스트의 겉멋을 환기했다.

- 네가 이겼다.

나를 가르치기로 한 대학생이 이글거리는 눈으로 패배를 자인하기 싫은 표정을 지었다. 그리고는 그제야 나를 의식한 듯 내 손을 잡더니 맞은편 승리자에게 인사를 시켰다. 나는 영문도 모른 채로 꾸벅 고개를 숙였다. 그들은 서울대학교 문리대 미학과 재학생이었다. 나는 그때 두 사람의 겨룸이 시 창작이라는 사실을 몰랐었다. 오로지 "학림다방"이라는 간판이 붙은 그곳에 나를 불러낸 이유에만 관심을 집중하고 있었다. 고3 학생의 신분으로 사복을 입고 난생처음 들어선 낯선 다방 풍경도 나를 긴장으로 끌어들이기엔 충분한 조건이었다. 삐걱거리는 나무계단과 문을 들어서자마자 왼쪽에 놓인 낡은 피아노와 옅은 굴색 조명과 미지의 고전음악 선율 속에서 오랜 세월의 낭만이 피어났다는 사실을 파악하기에 나는 아직 미숙한 나이였다.

그날 나는 불과 일주일 전에 나를 가르치기로 한 대학생이 나를 가르치기도 전에 동료 대학생에게 인계해 버리는 무책임한 거래 현장에 불려 나온 꼭두각시에 불과했다. 전라도 출신의 대학생은 수학을 지도하는 일이 불편하다는 이유로 경상도 출신의 대학생에게 과외지도 자리를 양보하고 자신의 무책임에 죄과를 치르듯이 나를 자신의 하숙집으로 끌고 갔다. 첫 다방 출입과 첫 외박은 그렇게 내 십 대 마지막 인생 속으로 걸어 들어왔다.

창신동 하숙집

첫 외박지로 무력하게 끌려간 내 마음은 승부의 보상으로 주어진 저녁 식사에서 그들이 나눈 대화를 엿들은 호기심과 호감이 부려낸 결과였다. 유신 치하의 어두운 정치 이야기보다 승부를 겨룬 시작품 분석과 문학예술에 집중된 그들의 대화는 입시에 구겨졌던 고3 수험생의 마음 자락을 반듯하게 펴놓고 야릇한 정취로 물들여 놓기에 안성맞춤이었다.

그렇게 끌려간 대학로 인근의 종로구 창신동의 성벽처럼 우뚝 솟은 채석장 절벽 윗동네에 전라도 대학생의 하숙방이 '아지트'처럼 자리 잡고 있었다. 그때 이후로 나는 그가 정말 아지트와 뗄 수 없는 운명이라는 사실을 확신하게 되었다. 불온한 이념의 아지트가 그를 군대와 감옥으로 이끌었으며, 섬세한 감성의 아지트가 용산구 청파동의 시민아파트를 낭만의 구락부로 변화시켰으며, 문학의 전위를 실천하려는 아지트가 그를 1980년대 초반에는 〈시와 경제〉의 동인으로, 그리고 1980년대를 관통하는 내내 한국시단의 〈해체시〉라는 장르를 선도한 문제 시인으로 부각했기 때문이다.

어쨌거나 적어도 고3 수험생의 미숙한 시선에는 아지트의 원천으로 여겨졌던 그의 하숙방은 불온과 남루가 함께 똬리를 틀고 있었다. 그중에서도 불온은 내가 하숙방에 안내된 지 30분도 지나지 않아서 기세를 과시했던 바, 방문이 벌컥 열리면서 목을 들이민 또래 대학생에 의해서 도발되었다.

– 애들 다 잡혀갔어, 형!

그 외침에 의하여 나는 전라도 대학생의 하숙방에 홀로 유폐되었으며 다음날 오전까지 그는 돌아오지 않았다. 나는 홀로 내쳐진 패잔병처럼 빨래 같은 몸을 이끌고 귀가했다.

경상도 대학생은 그해 봄부터 여름까지 내 수험공부를 지도해 주었다. 이따금 나를 유폐시켜 놓고 사라져버린 전라도 대학생의 근황이 궁금해서 경상도 대학생에게 물어보면 그의 표정은 어두워졌고 입술은 굳게 닫혀버렸다. 내가 대학의 진로를 바꾸고 과외를 중단하게 되어버린 마지막 날에야 경상도 대학생의 말문이 트였다.

– 경찰에 붙잡혀서 감옥 갔다. 그 뒤론 소식 몰라.

나를 유폐시켰던 그 날 하숙집을 뛰쳐나갔던 그가 불온한 모임에 휩쓸렸다가 경찰의 검속에 걸려버렸는지 나는 모른다. 단지 하숙집으로 나를 데려가며 뜨거운 마음으로 신학과 선교의 길을 토로하던 나를 묵묵히 응시해주던 그의 서늘한 눈빛과 몇 가지 조언을 들려주던 나직한 목소리가 그리웠다.

그를 험지로 보낸 후 나는 그해 대학 입시에서 무릎을 꿇고, 다음 해 다른 인생의 진로를 선택해 버렸다. 고려대학교 영문학과로 진학한 나는 이따금 동숭동으로 진출해서 학림다방과 세느 강과 미라보 다리를 배회하곤 했다. 서울 문리대 위쪽 개천가에 자리 잡은 포장마차에서 잔술로 소주를 마시는 재수생들을 흘끗거리거나 말을 건네기도 했다. 그런 와중에 한 해 건너편의 나를 되새김질하다가, 문득 검게 염색한 군복을 걸치고 덥수룩한 머리에 검정고무신을 끌며 우리 집에 들어서던 전라도 미학과 학생의 첫인상을 떠올리기도 했다. 내 부친은 단정하지 못한 행색의 과외공부 지도 선생을 반기지 않았으나, 내 작은누이의 여자 친구의 남자친구라는 인연이 그를 내 공부방으로 이끌었고, 그는 다음 주까지 내가 준비할 영어와 수학의 과제물을 지정해주고 이내 자리에서 일어섰다. 그리고 바로 다음 주에 학림과 창신동의 첫 외박과 그리고 그의 부재가 있었다. 그리고 6년 후에는 뜻밖의 해후가 이루어졌다.

청파동 흐린 주점과 낭만 구락부

1979년 11월의 금요일 늦은 오후였다. MBC 텔레비전 방송 5시 뉴스를 시청하는데 '이 주일의 신간'이라는 자막이 나오고 『변증법적 상상력』이라는 책이 소개되기 시작했다. 순간 내 시선은 텔레비전 화면에 떠오른 책 표지에 적혀 있는 번역자 이름에 화살처럼 날아가 꽂혔다. '황재우'라니! 동명이인일 수도 있었다. 그러나 책의 분야가 철학이나 미학 쪽이었다. 머리 뒤끝을 바늘로 찌르는 듯한 통증과 가슴의 두근거림이 시작되면서 나는 '돌베게'라는 출판사 이름을 확인했다. 바로 114에 전화를 넣었고 출판사 전화번호를 문의했다. 번호를 확인하고 출판사로 전화를 걸었다. 번역자 약력을 확인했고 내 추억 속에 자리 잡은 그가 맞다는 확신이 들자 출판사에서 주저하며, 그러나 내가 그와의 특별한 인연을 주저리 밝히자 마지못해 들려준 집 전화번호로 다이얼을 돌렸다. 전화 신호음 사이로 참으로 먼 세월을 관통하는 기다림을 느끼는 순간에 수화기를 드는 "딸깍" 소리가 고막을 쳤다.

    – 여보세요.

    – ……

  바로 말을 꺼내기가 어려웠다. 우리 둘 사이의 연결 고리를 무엇이라고 확인시켜야 하나. "마당에 옥수수를 심었던 집?" "나를 하숙집에 가둬놓고 돌아오지 않은 대학생?", 아니면 내 누이의 여자 친구 이름을 밝혀야 하나? 훗날 그의 첫 번째 시집에서 "낚시같이 보"(『의혹을 향하여』)인 수많은 물음표들 중에서 하필이면 가장 평범한 단서를 꺼내놓고 말았다. 1973년 봄날에 하숙집으로 데려갔던 대광고등학교 3학년 아무개라고. 참으로 다행스럽게도 그는 6년 전의 기억을 금방 떠올려주었다. 그리고 이내 호출되었다. 그가 당시 거주하고 있는 지역인 서울역 뒤편의 굴다리 부근 주점으로.

  용산구 청파동 숙대 부근에 자리 잡은 그 주점에 예상했던 대로 약속 시간보다 조금 늦게 나타난 그의 모습은 놀라워라! 많이 달라져 있었다. 크고 슬픈 눈빛은 여전했으나 수척하면서도 부드러운 호감을 안겨주던 얼굴과 몸매에는 살이 많이 붙어 있었다. 내 낯설어함을 의식한 듯 그는 대부분의 시위 주동 학생들이 그렇듯 최전방으로 끌려간 서부전선에서 뱀을 많이 잡아먹은 탓이라고 몸의 부피가 늘어난 이유를 밝혔다─폐결핵에 걸렸었노라고. 그의 두 번째 시집에서 "여수로 부산으로 떠돌아다니실 때 옮아온 폐결핵"(「우리 아버지」)을 대물림하며 초래된 몸의 변화가 우리 두 사람만이 술청을 차지한 고적한 주점의 불빛을 흐리게 만들었다. 내 눈빛이 젖으며 흔들렸던 탓이리라. 우리는 6년 후에야 재회하여 "흐린 주점에 앉아 있"(「나는 어느 날 흐린 주점(酒店)에 앉아 있을 거다」)게 된 것이다.

그날도 어김없이 외박이 이루어졌다. 그와의 외박은 작게는 내 일상과 크게는 생의 방향을 다른 궤적 속으로 밀어놓는 신호탄과도 같았다. 청파동 언덕배기에 위치한 시민아파트는 또 다른 그의 아지트였던 바, 앞에서도 언급했듯이 그곳은 감성이 부려놓은 아지트였으며 '낭만의 구락부'이기도 했다. 감성과 낭만의 증표이기라도 하듯 작은 거실에 들여놓은 피아노가 생활의 방편이라는 사실은 나중에서야 알았다. "아내의 피아노 레슨 받는/ 동네 꼬마놈들을 피해/ 살며시 집 밖으로 빠져나오는"(「아내의 수공업」) 그의 처지를 전혀 짐작하지 못했던 까닭은 그가 숙명여자대학교 음대 출신인 그의 아내와 첫 딸을 광주 친정으로 내려보낸 탓이기도 했다. 그의 첫 시집에 수록된 다른 작품에서 "1977년: 다섯 번째로 만난 여자와 결혼하다. '무작정 살다'. 6개월 후 이 표류에 한 사람 더 동승하다. 딸 낳다."(「활엽수림에서」)라고 인연을 밝힌 여성, 그 여성의 이름은 두 번째 시집에서 밝혀지는데 "김숙희, 십여 년 전 영치금을 넣어 주고 간 중산층의 딸"(「잠든 식구들을 보며」)이다. 감옥에서의 인연이 한 번으로 족하지 않았던 인고의 여성상인 그의 아내를 나는 그날로부터 15년 후인 1994년에 광주의 비교적 넉넉한 평수의 아파트에서, 웅진출판사에서 기획한 『황지우 문학앨범』 취재 일로 내려갔다가 조우할 수 있었다. 단정하고 여린 풍모를 간직한 그녀를 보자마자 스스럼없이 "형수님"이라고 불렀던 바, 그런 형수와 딸을 1979년 11월의 가을에 그는 공부를 핑계로 서울로부터 밀어냈던 것이다.

그때 그는 학부를 마치고 서울대학교 대학원에서 같은 전공으로 석사과정을 이수하고 있었는데, 그날 밤 들른 아지트의 책상에는 훗설이었는지 메를로퐁티였는지 정확하게 기억나지는 않지만, 현상학에 관련된 원서를 복사한 자료들이 놓여 있었다. 그날 집에서의 술자리를 파하고 내 잠자리를 먼저 깔아주면서 그는 다음날 과제 발표가 있어서 준비를 해야 한다며 책상으로 몸을 돌렸다. 하지만 적어도 그 무렵 그의 마음공부가 다른 길을 향하고 있었다는 사실을 나는 다음 해에 그가 문단에 진입하고 나서야 알아차릴 수가 있었다. 그의 청파동 아지트에서 외박할 때는 11월 말이거나 12월 초면 마감되는 '신춘문예'가 인접한 시기였던 것이다.

그날 청파동 시민아파트에 들어서자마자 그는 몇 군데 전화를 넣었었다. 그가 옷을 갈아입고 작은 소반 위로 술과 반찬이 놓일 때쯤 초인종이 울리더니 두세 명의 청년들이 자신의 거처인양 무람없이 들어섰다. 그들은 나를 흘끗 보고는 이내 자신의 역할들을 수행하기 시작했다. 술을 몇 순배 돌리는 역할은 의례적이려니 했는데 역할의 본색은 잠시 후 피아노 뚜껑이 열리고 자크 프레베르의

「고엽」이 연주되면서 드러났다. 어디 그뿐이랴, 낮은 음색으로 이브 몽땅의 노랫말까지 얹히면서 그곳이 감성의 아지트이며, 낭만 구락부라는 증표가 선연하게 드러났다. 그 청년들은 그를 따라 같은 아파트에 둥지를 튼 낭만의 식솔들이었던 셈이다. 친구들을 보내고 내 잠자리를 챙겨준 뒤 그는 책상 위 스탠드 조명을 제외한 불을 모두 꺼버리고는 음악을 틀었다. 청파동 낡은 시민아파트에는 과하다 싶은 마란츠 앰프 모니터에 노란 불빛이 켜지면서 프란츠 슈베르트의 연주곡들이 실내 공간을 어루만지기 시작했다. 그날 밤 의식이 가물가물해질 때까지 귓전을 파고들던 〈아르페지오 소나타〉와 〈죽음과 소녀〉는 그 후로 오랜 세월 동안 내 고적함을 달래주던 귀 동무 노릇을 톡톡히 해주었다. 현의 선율들이 뇌리에 점점이 각인되기까지는 정면으로 시선을 사로잡은 벽에 걸린 작은 소품의 유화 한 점, 스탠드 조명의 잔광을 받으며 무덤 같은 형상의 언덕배기 위로 떠 오른 노란 보름달의 색조도 한몫을 감당했던 듯하다.

그가 허물없이 내게 곁을 내주고 낭만의 아지트까지 잠입할 수 있는 권리를 부여해준 그 무렵이 어쩌면 그가 이삼십 대를 보낸 1970년대와 1980년대 중에서 가장 행복한 시기였을 것이다. 오랜 세월 독재의 권좌를 누린 통치자가 불시의 저격으로 삶을 등지면서 맞이한 1979년의 푸른 가을 하늘이 그의 문학에 대한 열정과 인간에 대한 품을 넉넉하게 열어주었고 나도 그 품에 안기는 수혜자가 되었던 셈이다. 그에 비하면 나는 그 가을에 맞이한 푸른 하늘의 자유를 내 인생의 길과 어떻게 관련지을지를 아직 결정하지 못하고 있었다. 그러면서 어렴풋하게 취업을 미루고 대학원 진학을 염두에 두던 차에 해가 바뀌었고 그는 자신에게 가장 비극적인 한 해를 여는 1980년도 벽두에 스스로 가장 열망하던 문단으로 진입하는 계기를 마련하였다.

내지의 연기와 상여꽃

중앙일보 신춘문예에 당선작 없는 입선으로 등단한 그의 필명은 '황지우'로 바뀌었다. 등단작인 「연혁(沿革)」은 그의 유년 시절부터 겪어낸 파란만장한 가족사를 그려내고 있으나 사실은 앞으로 자신에게 닥칠 가혹한 운명을 예시해주는 역할까지 감당하기도 했다. 1980년의 5월은 70년대의 마지막 가을부터 잠시 열렸던 푸른 하늘을 갈기갈기 찢어놓았던 바, 등단작에서 "내지(內地)에는 다시 연기가 피어올랐습니다"라고 제시된 정황은 그의 고향인 광주에서 벌어진 참상에 대한 예지몽이었으며, 그 꿈에 떠오른 "상여꽃"은 수많은 원혼들의 분신이었던 것이다.

그런데 나는 그의 등단 사실을 알아차리지 못했다. 취업을 포기하고 대학원 진학에 뜻을 두었으나 학부 전공인 영문학과로 진학을 할지 국문학과로 전공을 옮길지 망설이면서 시험 준비에 여념이 없었기 때문이다. 3학년 때부터 〈고대문학회〉에 가입하여 사권 문우 이남호는 학문의 주체성을 내세우며 1970년대에 한국학 열풍을 주도한 국문학자 조동일의 저서 『우리 문학과의 만남』을 건네주며 자신이 나보다 한 해 먼저 진학한 국문학과 대학원으로 적을 옮길 것을 강력하게 권유하였다. 게다가 그는 바로 얼마 전에 1980년도 〈조선일보〉 신춘문예 문학평론 수상자로 문단에 성큼 발을 들여놓은 상태였다. 나는 학부 졸업논문 지도교수였던 김우창 교수를 찾아서 고민을 토로했고 그는 학문의 보편성을 명분으로 대학원에서도 영문학을 지속할 것을 권했다. 학문의 주체성과 보편성 사이에서 고민하던 나는 모험을 달가워하지 않는 본성을 따라 영문학과에 잔류하고 말았다. 내가 황지우의 등단 사실과 필명을 확인한 것은 그로부터 몇 달 후였다.

문학과 지성 폐간호

그의 이름을 나는 그해 여름의 『문학과지성』 폐간호에서 찾아 냈다. '종간(終刊)'이 아니라 '폐간(廢刊)'이었다. 1980년 5월에 자행된 정치적 학살이 문화예술의 학살로 확산된 결과가 1970년대 이래로 한국문학의 주도권을 양분해오던 문예지 『창작과비평』과 『문학과지성』의 폐간이었다. 그런 점에서 후발주자였으나 〈오늘의 시인총서〉와 〈오늘의작가상〉을 내세워 왕성한 작품집의 생산력을 과시하고 공고한 대중적 지지기반까지 구축한 『세계의문학』이 살아남은 것을 어떻게 평가해야 할까? 가혹한 압살의 시대에서 살아남은 결과에 부끄러움이나 안도감의 지분이 있다는 사실을『세계의문학』편집진이 부정할 수는 없을 것이다.

어쨌거나 문지 폐간호에 황지우는 정치적 절망과 삶의 고통과 치욕을 한껏 내장한「대답 없는 날들을 위하여」연작을 발표하면서 본격적인 등단의 절차를 마무리했다. 그의 등단작들을 놀라움 속에서 섬뜩한 마음으로 읽어 내려갈 수밖에 없었던 까닭은 다시 감옥에 끌려갔다는 사실을, 고문당하면서 육체의 나약함에 치욕스러워하며 차라리 죽음을 동경하는 그의 비명과 좌절감을 확인할 수 있었기 때문이다. "이름을 대고 나이와 직업을 대고/ 꽝 내리치는 주먹"(「대답 없는 날들을 위하여.3」) 앞에서 무기력해지는 그의 존재감은 "초토(焦土)를 버리고/ 이곳의 온갖 이름과 언약을 버리고/ 납세고지서를 주민등록증을 버리고/ 오 화해할 수 없는 이 지상을/ 벗어 나가라"(「만수산 드렁칡.2」)는 선택을 수락할 수밖에 없었을 것이다.

나는 그의 고통과 절망이 안타까우면서도 두려웠다. 나는 그처럼 정치적 현실 속으로 뚜벅뚜벅 걸어 들어갈 용기가 없었다. 대학원에 진학하고 얼마 후에 내려진 휴교령 속에서 황지우가 첫 번째 시집에서 자조적으로 토로했듯이 "나는 내 귀에 말뚝을 박고 돌아왔다/ 오늘 나는 내 눈에 철조망을 치고 붕대로 감아 버"(「그날그날의 현장 검증」)리는 일상을 나는 절망이 아니라 두려움으로 자진해서 맞아들였다. 그해 가을에 서둘러 결혼을 하고 그에 따르는 가장의 명분을 깃발처럼 어깨에 꽂은 채로 연명(延命)의 현실을 향해 주저 없이 나아갔다. 그곳이 바로 다음 해 여름에 취업한 고려대학교의 총장 비서실이었다. 그곳에서 총장의 영문편지를 대필해주거나, 학생 시위 동향을 체크하기 위하여 비서실에 얼굴을 들이미는 언론사 기자들에게는 시치미를 떼고, 보안사를 비롯한 정부기관원들에게는 비굴하게 처신하는 세월을 2년여 정도 보낸 어느 날, 갑자기 노크도 없이 총장실 문이 왈칵, 열리면서 그가 들어섰다.

김수영문학상 스캔들

1983년이 저물어가던, 아니면 1984년을 맞이하던 초입이었을 것이다. 누구나 총장비서실을 출입할 때는 먼저 노크를 하고 조심스럽게 문을 열고 들어오는 것이 관례였다. 물론 안하무인이 트레이드마크인 정부기관원들은 예외였지만. 거의 무뢰한이 난입하듯 문을 열어젖히고 비서실로 들어선 장본인은 바로 황지우, 바로 그였다. 아무런 예고도 없이 들이닥친 그를 발견하고 너무도 놀라는 나에게 그는 성큼성큼 다가오더니 다짜고짜 내 팔을 잡아끌었다. 아무런 말도 못 하고 비서실 밖으로 끌려 나와 우두망찰한 나에게 황지우는 김우창 교수 연구실로 안내할 것을 요구했다. 그로부터 몇 분 후에야 나는 이 모든 사태의 원인을 알아차릴 수가 있었다. 그는 제3회 〈김수영문학상〉의 수상자로서 『세계의문학』 편집위원이자 심사위원이었던 김우창 교수에게 답례를 겸해 새해 인사를 드리러 온 것이었다.

〈김수영문학상〉과 황지우의 인연은 그의 첫 번째 시집이자 수상 시집이기도 한 『새들도 세상을 뜨는구나』에 수록된 작품에도 암시가 되어 있다. "요즘처럼 삼엄한 세상에/ 문학평론가이자 국립대학교 교수인 사람1과 문학평론가이자 국립대학교 교수인 사람2가,/ 문학평론가이자 사립대학교 교수인 사람3과 시인이자 국립대학교 교수인 사람4,/ 그리고 유가족들이 한자리에 앉을 수 있다는 것"을 비록 "스캔들"이라고 규정하기는 했어도 "그래도 이런 스캔들이라도 있어서 좋다"(「제1회 김수영문학상(第一回 金洙暎 文學賞)」)고 토로한 바 있는 것이다. 1983년에 발간한 처녀시집으로 제3회 수상자가 된 황지우는 분명히 들떠서 나를 찾아온 게 분명했다. 첫 시집에서 작품의 제목으로 삼고 거론할 만큼 애착을 가진 상을 차지하게 되었으니 그런 반응이야 당연할 수밖에 없으리라. 또한 1980년대 초반부터 1990년대 중반에 이르기까지 〈김수영문학상〉은 객관적으로도 한국시단을 대표할 만한 문학상으로 평가받은 바 있기도 했다.

그는 나를 앞세워 고려대학교 본관을 가로질러 문과대학 건물로 가는 도중에 자신에게 가해진 '김수영 문학상 스캔들'에도 격분하고 있었다. 그해 심사위원으로 참여한, 문학평론가로 인정하긴 애매하지만 국립대학교 불문과 교수인 G교수를 성토하고 있었기 때문이다. 낯선 반응이 아니었다. 〈김수영문학상〉이 제정되고 첫 번째 수상자가 발표된 1981년도부터 이미 스캔들이 터져 나왔기 때문이었다. 그것은 심사과정의 난상토론과 쉽사리 합의되지 않는 수상자 결정에 대한 뒷소문이었다. 황지우가 자신의 작품에서도 밝히고 있으나 하필이면 심사위원이 4명일 때, 2대2로 심사위원의 결정이 나뉘어 버리면 합의를 도출하기가 좀처럼 어려워져 버리기 때문에 스캔들이 터져 나올 수밖에 없었다.

황지우 스스로가 자신의 작품에서 언급하고 있는 제1회 수상자인 『저문 강에 삽을 씻고』의 주인공인 정희성 시인의 경우에는 "문학평론가이자 국립대학교 교수인 사람1"인 김현과 "문학평론가이자 국립대학교 교수인 사람2"인 백낙청의 격돌은 예상된 것이었다. 그들은 제각기 문학관과 문학적 평가 잣대가 첨예하게 대립된 입장을 고수하면서 『문학과지성』과 『창작과비평』을 대표하는 인물이기도 했기 때문이다. 정희성 시집은 창작과비평사에서 출간되었던 바, 〈김수영문학상〉의 운영위원장이면서 "시인이자 국립대학교 교수인 사람4"인 황동규가 김현 편을 들고 나서면서 심사결과가 정희성 시인에게 불리할 뻔했으나 "문학평론가이자 사립대학교 교수인 사람3"인 김우창, 또는 유종호가 정희성 편을 들면서 심사결과는 안개정국 속으로 빠져들었던 것이다. 그러다가 어찌어찌하여 수상자가 선정되었으니(아마도 『세계의문학』과 민음사의 입장이 반영되지 않았을까, 아니 어쩌면 이런 판단 자체가 스캔들이리라) 스캔들이 터져 나오지 않을 수가 있겠는가. 그러니 다음 해에 심사위원을 5명으로 늘리고 3대2의 비교적 수월한 수상자 결정 방식을 채택하여 제2회 수상자로 이성복의 『뒹구는 돌은 언제 잠 깨는가』가 선정되었어도 스캔들은 계속될 수밖에 없었다.

어쨌거나 당대의 시 문학상으로는 최고라는 평가를 받으면서 관심을 불러일으켰던 〈김수영문학상〉은 결국 '창비'와 '문지'의 진영 싸움에 휘말려 들었고 그 결과는 스캔들의 양산이었다. 그런데 어쩌면 스캔들은 의도된 전략의 불가피한 결실이었는지도 모른다. 표면적으로는 원만한 합의나 어색한 담합으로 수상자가 결정되는 문학상의 결과가 그동안 대체적인 관례로 수용되었기 때문이리라. 〈김수영문학상〉 역시 결과적으로는 그런 양상을 수용했는지도 모르나, 적어도 심사과정에서는 치열한 난상토론의 내용을 서로 반목하는 심사위원들 각자의 심사평으로 공개해버렸기 때문이었다. 따라서 제1회의 경우에는 2대2의 심사결과가 수상자 선정으로 이어지는 과정에 대한 스캔들이 터져 나올 수밖에 없었으나, 그런 스캔들은 오히려 〈김수영문학상〉에 대한 관심을 증폭시키는 효과를 만들어냈던 것이다.

그런데 스캔들의 효과를 누린 『세계의문학』은 자괴감도 적지 않게 느꼈을 법하다. 〈창비 시인선〉이나 〈문지 시인선〉 못지않은 역사와 성과를 마련한 바 있는 〈오늘의 시인총서〉를 발간하고도, 그리하여 그 성과를 바탕으로 〈오늘의 시인총서〉의 출발점이었던 김수영을 문학상의 주인공으로 발탁하였음에도 불구하고 민음사나 『세계의문학』은 출신 시인이나 자사 발간 시집을 수상자나 수상 시집으로 배출해내지 못했기 때문이다.

결국 기다림의 결실은 〈김수영문학상〉을 제정한 지 5년 만에 이루어지니, 황지우에 이어 김광규의 『아니다 그렇지 않다』에 이르기까지 4회에 걸쳐 수상자를 양보했던 『세계의문학』은 마침내 〈오늘의작가상〉 출신인 최승호의 『고슴도치의 마을』로 〈김수영문학상〉을 차지하게 된 것이다. 민음사로서 아쉬운 점은 그 수상 시집이 문학과지성사에서 발간된 것이라는 사실이었다. 민음사로서는 〈오늘의작가상〉 수상 작품들을 보완하여 발간한 최승호의 첫 시집 『대설주의보』를 수상작으로 내세웠으나 그해 수상자인 황지우의 시집을 지지하는 문지의 세력을 물리칠 만한 여력을 갖추지는 못했을 법하다. 어쩌면 황지우는 그래서 『세계의문학』을 대표하는 입장이면서도 자신을 지지해준 김우창 교수가 감사했을지도 모른다. 게다가 황지우와 김우창 교수는 또 다른 인연을 간직하고 있었다.

여기에서 〈김수영문학상〉과 『창작과비평』의 애증 관계를 잠시 언급하지 않을 수가 없다. '창비'에게 김수영은 모더니즘이라는 '뜨거운 감자' 때문에 적극적으로 껴안기가 어려운 대상이었다. 그리하여 민족주의와 리얼리즘을 올곧게 신봉하는 '창비' 진영은 미학적 완결성에서 격이 한 수 아래라고 평가를 받는(민족주의 리얼리즘의 입장에서는 다른 평가기준을 내세우겠지만) 신동엽을 전략적으로 선택하고 〈신동엽문학상〉을 제정할 수밖에 없었다. 더구나 〈김수영문학상〉의 제2회 수상자를 선정하는 심사과정에서부터 밀리기 시작하면서 '창비'는 김수영에 대한 관심과 우호적인 평가를 전략적으로건 마지못해서건 털어낼 수밖에 없는 입장이 되어버렸다.

그리고 '창비' 진영이 철수해버린 심사과정에서 〈김수영문학상〉은 문학과지성사와 민음사에서 발간한 시집끼리 '나누어 먹는 우정'을 오랜 세월 동안 과시하게 되어버렸다.

연구실을 나서며

앞에서 언급한 바 있었던 황지우와 김우창 교수의 인연은 광주 서중과 광주일고 그리고 서울대학교 문리대의 선후배 관계로 이어진다. 이런 학연을 나는 나중에야 알았으니, 황지우가 김우창 교수 연구실을 찾은 뜻은 단지 〈김수영문학상〉 수상자로 진영 다툼의 과정에서 자신을 지지해준 결정에 대한 고마움의 표현만은 아니었던 것이다. 그 마음의 배후에는 무의식적이면서도 끈끈한 학연과 지연의 실마리가 자리 잡고 있었을 것이라고 나는 판단했다. 나의 대학원 지도교수인 김우창 교수는 내가 황지우와 함께 나타난 사실에 놀라워했다. 나는 어눌한 목소리로 황지우와의 인연을 고백했고 김우창 교수는 다시 한번 놀라워했다. 하지만 진짜 놀란 장본인은 나였다. 황지우는 내 근무처를, 그리고 내가 김우창 교수의 제자라는 사실을 어떻게 알아냈을까? 나는 황지우에게 그런 궁금증을 확인해 보지는 않았다. 황지우와 함께 1980년도에 신춘문예로 등단한 문학평론가 이남호가 내 소식을 그에게 알려주지 않았을까 짐작해 보았을 뿐이다.

잠시 후에 황지우는 주저주저하면서 다 낡은 가방에서 소박한 포장지에 담긴 얇은 부피의 물건을 꺼내서 김우창 교수에게 건넸다. 김우창 교수는 어색한 표정을 지으며 "이런 것 받으면 뇌물 아닌가요?"라고 농을 건네더니 포장지를 들추고는 평범한 가죽장갑을 꺼내 들었다. 그 순간 나는 다시는 볼 수 없는 진풍경을 연출해내는 황지우의 교태를 보았다. 결코 날렵하지 않은 상체를 비비 꼬며 "겨울을 따뜻하게 보내시라고……" 중얼거리는 모습, 부끄러워하던 그의 모습을 결코 잊을 수가 없다. 그로부터 몇 년 후에 황지우는 지금은 폐간되어버린 『문예중앙』이라는 종합 문예지에 장문의 인물 평전을 연재한 적이 있다. 김현으로 시작해서 고은과 김우창으로 이어지는 연재 순서야말로 그 당시 황지우의 애정 순번이었을 것이다. 김우창 교수에 대해서는 '학(鶴)'과 같은 이미지를 언급했던 제목이 떠오른다.

그때 김우창 교수의 연구실을 나서며 석사 학위 논문을 마친 후 진로를 고민한다는 내 얘기를 듣고 두 손을 꼭 잡아주던 황지우의 따뜻한 손길이 기억난다. 그 손길 탓이었을까. 그와의 인연은 1980년대 중반을 넘어서 마침내 나를 한국문단으로 인도하는 또 하나의 계기를 마련해준다.

서울예전 문창과 풍경

— 최인훈과 오규원

밀실에서 만난 최인훈

그곳은 '광장'이 아니라 '밀실'이었다. 악명 높은 중앙정보부 건물이 내려다보이는 남산 언덕배기에 자리 잡은 서울예전 문예창작과의 사령탑은 조그만 교무실 같았다. 불과 서너 평 남짓한 데다 방의 모양도 세로로 길쭉해서 볼품없어 보이는 공간은 대학교의 연구실과 학과 사무실을 겸비한 곳이었다. 그리고 그런 곳에 해방 이후의 한국문학사를 대표하는 작가의 책상이 옹색하게 자리 잡고 있다는 사실이 충격으로 다가왔다.

소설가 최인훈을 비롯한 전임교수 네 명과 행정조교가 사용하는 다섯 개의 책상뿐만 아니라 접객용 소파까지 자리를 차지한 그 협소한 공간에 발을 들여놓은 순간, 나는 불쑥 "밀실만 있고 광장이 없는" 남한 체제에 안주하지 못한 소설의 주인공 이명준의 운명을 떠올렸다. 하필이면 그날, 1987년 3월 첫 주의 화요일 오후에 『광장』의 작가 최인훈이 그곳 밀실에서 작은 책상을 지키고 앉아 있었기 때문이었다. 게다가 하필이면 그곳에 들어서면서 나와 그의 시선이 얼핏 마주치고 말았기 때문이기도 했다. 나는 뒷목이 뻣뻣해지고 침이 마르는 압박감을 느끼며 목례를 올렸으나, 그는 별다른 반응 없이 책상 위에 놓여있는 무엇인가로 시선을 돌려버렸다. 순간 나는 그곳을 벗어날까 말까 망설이다가 무장해제당해버린 포로의 심정으로 접대용 소파에 주저앉고 말았다. 그러한 고립무원의 상황은 그해 1학기 내내 지속되었으나 밀실에 갇혀버린 정황은 뜻밖의 불로소득을 안겨주기도 했다.

정치적 현실과 세계의 문학

소설가 최인훈과 몇 년 동안 맺어진 인연은 그렇게 시작되었다. 화요일 오후마다 변함없이 자리를 지키고 앉아 있는 그에게 첫날 마주친 시선을 불씨로 삼아, 다시 한번 공손하게 인사를 건네는 불청객을 외면하기 어려웠던지, 마침내 그는 내가 앉아 있는 소파 쪽으로 다가와 말문을 텄다.

그는 내가 1980년대 전반기의 무도한 군사독재 체제 아래서 고려대학교 총장실 비서로 근무한 경력과 고려대학교 영문과 대학원에서 김우창 교수의 논문 지도학생이었다는 사실에 관심을 표명

했다. 정치적 이념이 소설세계의 중요한 화두였던 그에게 1980년대의 고려대학교 본부 상황은 흥미로운 정치 현장으로 간주되었던 듯하다. 그는 교내의 반체제 시위상황과 그런 상황에 대처하는 대학 당국과 교수들의 입장을 탐문하고 싶어 했다. 그의 호기심 아래서 불과 반년 전까지 덫에 걸린 초식동물처럼 무력한 절망감에 허우적거렸던 나의 일상들이 고통스럽게 머리카락을 곤두세우며 소환되었다.

1981년 여름부터 1986년 겨울까지 비서실에서 시위 학생들의 진압과 처벌을 강요당하는 교무위원 대책회의를 뒷바라지하며 사찰기관원들의 눈치를 살펴야만 했던 비서실의 고통스런 일상들을 고백한 대가로 나는 그가 직접 서명하고 낙관까지 찍은 『최인훈 전집』 중에서 두 권(당시에 근무하던 조교의 고백에 의하면 최인훈 교수가 자신의 저서를 선물하는 일은 흔하지 않았다. 게다가 미리 낙관까지 찍어서 준비한 책을 안겨주는 경우는 그야말로 희소했다고 한다.) ― 『회색인(灰色人)』과 『소설가 구보씨의 하루(小說家 丘甫氏의 一日)』를 선물 받기도 했다.

최인훈이 나의 대학원 지도교수였던 문학평론가 김우창과 유종호와 함께 1970년대 후반에 『세계의문학』을 창간하며 편집위원으로 참여했던 사실도 내게 후한 인심을 베푸는 데 일조했을 것이다. 1976년 가을에 선보인 『세계의문학』 창간호에는 최인훈의 첫 번째 희곡작품이면서 그의 후반기 문학 대표작으로 평가받는 『옛날 옛적에 훠어이 훠이』가 전작으로 수록되어 있다. 1972년에 장편소설

『소설가 구보씨의 하루(小說家 丘甫氏의 一日)』를 펴내고 4년 만에 발표한 작품이 하필이면 희곡이었던 것은 국내의 정치 현실과 미국여행이 영향을 미친 결과로 보인다.

최인훈의 미국여행

주지하다시피 그의 전반기 문학을 대표하는 『광장』은 4 · 19혁명이 초래한 정치적 자유의 부산물이었다. 그 작품은 4 · 19혁명과 5 · 16쿠데타 사이의 짧은 여명기인 1960년 11월에 발표되었다. 작품의 주인공인 이명준의 기구한 삶의 행로는 70년대 전반기까지 이어진 최인훈의 소설 창작 여정에도 어느 정도 반영되어 있다. 이명준은 밀실만 있고 광장이 없는 남한의 정치체제에 회의를 느끼고 월북하지만, 광장만 있고 밀실이 부재하는 북한의 정치체제에도 환멸을 느끼고 제3국행을 선택한다. 하지만 결국 제3국행을 선택한 배 위에서 바다에 몸을 던지고 마는 비극적인 운명을 맞이한다.

『광장』 이후에 나아간 최인훈 소설의 여정 속에서 북한의 정치체제는 대부분 침묵의 괄호 속에 묶여있다. 그 침묵은 남한의 정치체제가 강요한 억압이다. 대신에 최인훈은 남한에서 강요하는 밀실의 정치적 현실을 치밀하게 탐구하는 '지식인소설'에 안주했다. 그러다가 1970년대 초기에 '유신독재'를 겪으면서 최인훈은 이명준이 선택한 탈출구를 찾아서 1973년에 미국여행길에 오른다. 『광장』

의 주인공 이명준은 남지나해에 몸을 던졌으나 최인훈은 태평양을 무사히 건너 아이오와대학교에서 마련한 국제창작프로그램에 무려 4년 가까이 참여하는 장고(長考)의 세월을 비축해 놓는다. 그리고 1976년에 귀국하는 최인훈의 소지품 목록에는 '정치적 이념'이나 '지식인소설'은 존재하지 않았다. 그것들은 태평양 한복판에 던져져 버린 것이다.

귀국한 최인훈의 손에는 새로운 소지품, 희곡이라는 장르가 주어져 있었다. '고대 설화'를 모티프로 삼는 몇 편의 연극 대본들이 세상에 선보일 기회를 차지하게 된 것이다. 1976년부터 펼쳐지는 최인훈의 후반기 문학은 이렇게 미국여행을 새로운 창작의 승부처로 간직하게 되었다.

어쩌면 최인훈이 미국에서 돌아오자마자 그해에 창간된 『세계의 문학』에 편집위원으로 참여한 것도 새로 장만한 희곡이라는 소지품을 내보이려는 의욕에서 비롯되었을 법하다. 이후로 몇 년에 걸쳐서 창작한 다른 희곡작품들도 같은 잡지에 수록되었기 때문이다. 어쨌거나 그는 첫 희곡작품인 『옛날 옛적에 훠어이 훠이』를 발표하여 국내 연극계를 대표하는 상들을 석권한 후에 해외공연까지 참여하여 호평을 이끌어냈고, 그는 한국의 고대설화를 모티프로 삼은 작품들을 잇달아 발표하면서 한국을 대표하는 희곡작가로서의 위상을 확립하게 된다. 이런 결과 탓이었던지 그는 "소설가로 남기보다는 희곡작가로 영원히 기억되고 싶다"라는 고백까지 토로하기도 했다. 그런 점에서 1950년대 후반부터 시작하여 1970년대 전반기까지 이어진 소설가로서의 창작활동을 최인훈의 전반기 문학으로 규정할 수 있다면 1970년대 후반부터 1980년대까지 이어진 희곡작가로서의 창작활동을 후반기 문학으로 규정할 수 있을 것이다.

최인훈의 희곡작업과 서울예전 교수 취임

최인훈의 희곡 창작에 대한 열정은 서울예전과의 인연을 만드는 계기로도 작용했던 듯하다. 본래 서울예전은 한국 연극계의 거목인 동랑 유치진에 의하여 1962년 9월에 설립되었다. 처음에는 "한국연극 아카데미"라는 명칭의 교육기관으로 출범하였다. 같은 해 설립된 "드라마센터"는 연극 공연과 교육의 유서 깊은 산실 역할을 수행하였다. 서울예전 문예창작과는 1977년에 개설되었는데 최인훈은 문예창작과 창립의 주도적 소임을 수행하면서 문예창작과 교수로 부임하였다.

그런데 문예창작과 교수로 부임하기 바로 전 해에 희곡작품 『옛날 옛적에 훠어이 훠이』를 발표했으니 1977년은 작품의 성과를 한참 수확하던 시기였다. 따라서 그가 한국 연극교육의 산파 역할을 진행하던 서울예전 교수로 취임하게 된 것은 희곡창작에 대한 열정과 보람을 챙기려는 의욕이 반영된 결과로 보인다. 교수라는 직책을 확보함으로써 안정된 경제적 기반을 마련하고 자신의 후반기 문학을 대표하는 희곡 창작에 매진할 수 있게 되었기 때문이다. 그런 열정과 보람의 증거를 그가 문창과 교수로 취임한 십여 년의 세월이 흐른 1988년의 어느 날 오후에 나는 문예창작과 사무실에서 발견하게 되었다.

편지꽂이 문학 장치

문예창작과의 행정조교가 새로 바뀌고 봄 학기가 시작된 직후였던 것으로 기억된다. 그날도 화요일 오후에 문예창작과의 협소한 사무실로 들어서자 최인훈 교수의 모습이 보이지 않았다. 그해 1학기에는 그의 강의시간표가 다른 요일로 배정된 탓이었다. 나는 청문회에서 풀려난 증인의 홀가분한 심정으로 소파에 등을 기대고 조교 책상을 쳐다보았다. 지난해에는 화요일 오후마다 무거운 발걸음으로 문예창작과 사무실에 들어서야만 했었기 때문이다. 사뭇 가까운 사이가 되었다는 이유로, 더구나 그의 저서까지 선물 받은 대가를 지불해야만 한다는 강박증에 사로잡혀서 나는 자주 되풀이되는 그의 진지한 정치적 취조에 긴장과 피로를 느끼고 있었다. 그런데 해가 바뀌면서 밀실의 취조 상황이 해제되어 버린 것이다.

그날따라 여자 조교는 책상 위에 놓인 독특한 모양의 아크릴 재질로 만들어진 물품을 손으로 만지작거리면서 주의 깊게 살펴보고 있었다. 새로 부임한 조교가 낯선 터라 말문을 틀 기회로 삼을 겸해서 그 물품의 정체를 수소문해 보았다.

　- 그게 뭡니까?

　- 뭐처럼 보이세요?

만만치 않은 응수였다. 어차피 모를 테니 어서 백기를 들고 투항하라는 말투로 여겨지기도 했다. 하지만 바로 꼬리를 내릴 수는 없었다.

　- 편지꽂이 아닌가요? 디자인도 살려본……

기다렸다는 듯이 높은 톤의 웃음소리가 사무실 허공으로 날아올랐다. 그녀의 웃음소리는 학과 사무실에 우리 두 사람밖에 없는 정황을 한껏 누리는 반응으로 받아들여졌다. 무안해진 나는 비로소 꼬리를 내리고 수수께끼 정답을 고대하는 시선을 공손하게 보냈다. 그러자 잠깐의 침묵이 이어지더니 뜻밖의 답변이 그녀의 입술 사이를 비집고 흘러나왔다.

　- 시점이래요.

나는 무슨 말인지 알아차리지 못했다. 어쩌면 잠시라도 칼자루를 거머쥔 갑의 권리를 누리기 위하여 그녀가 무성의한 답변을 내뱉었는지도 모른다. 나지막하면서도 간략하게. 멍해진 내 표정을 의식해서였을까, 보충 설명이 이어졌다. 소설에서 시점이 사용되는 방식을 공간의 구조로 표현해놓은 것이라는. 그 설명을 들은 내 시선은 아마도 더욱 초점을 잃어버렸을 것이다. 나는 편지꽂이처럼 보이는 아크릴 모양의 구조물을 넘겨받아서 하염없이 들여다보았다. 하지만 도무지 요령부득이어서 그 구조물의 어느 모양이 일

인칭 시점을, 또 어느 모양이 3인칭 시점이나 전지적 시점을 반영해놓고 있는지를 이해할 수가 없었다. 곧 수업에 들어가야 할 처지라서 오랜 시간 그 물품을 들여다볼 수도 없었다.

그 후로 다시는 그 문학적 조형물을 발견할 수가 없었다. 나는 시점 장치라는 그 아크릴 조형물에 대하여 최인훈 교수에게 물어보지도 못했다. 하지만 그때 학과 사무실에서 발견한 그 물품이 나에게 안겨준 충격은 지금까지도 선연하다. 그 충격은 낯선 구조물 자체보다도 그런 구조물을 제작한 그의 열정에 대한 것이었다. 문학교육을 위하여 시점에 대한 구조물을 설계해보고, 그것을 아크릴로 제작하도록 지시하고 수업에 활용한 그의 열정을, 그때 이전과 이후로 나는 목도한 적이 없었다. 어쩌면 소위 "서울예전 문예창작과 사단"이라고 불리는, 1990년대부터 2000년대에 이르기까지 한국문단에서 마치 점령군 행세라도 하듯 등단 숫자를 압도적으로 늘려가며 각종 문학상을 휩쓸어버린 서울예전 문창과 출신 문학인들의 저력은 바로 이런 문학교육의 결실이 아니었을까?

평론가 이남호의 요청과 새로운 선택

내가 서울예전에 출강하게 된 계기는 공황장애에서 비롯되었다. 그 당시에는 병명이 무엇인지조차 모르고 있었다. 다만 목덜미가 무겁고 당겨지는 느낌과 전화벨만 울리면 가슴이 두근거리는 증상 때문에 힘겨워하고 있었는데 그런 증상들은 모두 비서실에 근무하며 생겨난 것들이었다. 그리고 그런 증상을 내게 선물한 장본인은 5공화국 독재체제와 그 체제에 빌붙어서 대학교를 사찰하는 기관원들이었다. 비서실에 상주하다시피 들락거리며 시위 동향을 점검하고 공공연하게 향응을 요청하는 그들의 지분거림에 내 몸은 피폐해져 가고 있었던 것이다.

1986년도가 저물어가는 무렵이었다. 학부 시절 고대문학회에 함께 참여한 바 있던 문학평론가 이남호가 영어 강사 추천을 요청해 왔다, 서울예전에서 일주일에 8시간 "영문원서 강독"이라는 과목을 가르칠 수 있는 고대 영문과 대학원 후배를 소개해 달라는 내용이었다. 순간, 전화기 너머로 들려오는 그의 음성이 운명의 계시 같다는 느낌에 온몸이 저릿해졌다. 호흡을 고르고 알아보겠노라는 답변을 건넨 후에 나는 거실을 서성거리기 시작했다. 살림에 충실한 아내와 아직 어린 두 아들과 노모를 모시고 사는 가장의 처지에 안정된 직장을 포기하고 비정규직의 길로 나설 수 있을까? 망설임은 망가져 가는 몸과 마음이 부추기는 유혹에 선택권을 내주고 말았다. 아내는 근심 어린 표정을 지었으나 나의 모험을 지지해주었다.

정작 매우 놀라며 내 선택을 만류한 것은 친구인 이남호였다. 몇년 동안의 시간강사 생활을 접고 이제 막 고려대학교 국어교육과 조교수로 부임한 그는 고달픈 보따리장수의 현실을 환기해주며 다시 심사숙고할 것을 요청했으나, 이미 도박판에서 패를 내보인 마음을 돌이킬 수는 없었다. 결국 이남호는 바로 지난 학기까지 자신이 출강했던 서울예전 문예창작과의 학과장인 오규원 시인에게 나를 소개해 주었다.

오규원과 이남호의 인연

해가 바뀐 1987년 2월 초입쯤이었을 것이다. 저녁 초대를 받은 나는 이남호를 따라서 영등포구 대림동에 자리 잡은 오규원의 아파트로 들어섰다. 그리 넓지 않은 아파트 거실에서 우리를 맞이한 오규원 곁에는 그보다 십여 년 이상 젊어 보이는 아내가 활짝 웃고 있었다. 한참 나중에서야 그 여성이 1980년대 전반까지도 최승자나 김혜순처럼 시재(詩才)의 가능성을 인정받다가 방송계로 진입하여 최고의 다큐멘터리 작가로 군림하게 되는 김옥영이라는 사실을 알게 되었다. 텔레비전 드라마 분야에서 김수현이 쌓은 업적과 명성을 그녀는 다큐멘터리 분야에서 쌓아간 셈이다.

집에서 식사를 마치고 밖으로 나와서 맥주를 한잔 더 하게 된 자리에서 나는 오규원과 이남호의 특별한 인연도 전해 들었다. 오규원은 이남호의 초등학교 담임선생이었다. 오규원이라는 이름이 필명이었던 탓에 오규옥이라는 본명으로 선생의 이름을 기억하는 이남호가 오규원과의 인연을 알아차린 것은 이남호 자신도 문단에 진출한 이후였다고 했다. 두 사람의 각별한 인연 탓이었을까. 이남호의 친구였던 내게도 오규원은 마음의 창을 열어 보였는데, 그날 술자리에서 객기처럼 슬쩍 내보였던 그의 소외감에 가슴이 아렸다. 그의 객기 같은 속내가 뭉클했던 까닭은 그의 소외감이 문단의 풍토, 그것도 그와 가깝게 지내는 문우들과의 관계에서 비롯되었기 때문이었다.

문학과지성 에콜

문단에서 오규원의 소외감을 키워준 곳은 문학과지성사였다. 1970년대부터 창작과비평사와 함께 한국문단을 양분할 정도로 문학인들에게 압도적인 영향력을 행사해온 문학과지성사는 중앙문단에 뚜렷한 기반을 마련하지 못한 오규원의 불감청고소원(不敢請固所願)인 '문학적 에콜'이었다.

여기에서 잠깐 1970년대 후반기부터 발간되기 시작한 '문학과지성 시인선'의 초창기 목록을 확인해보도록 하자. 제1번인 황동규의 『나는 바퀴를 보면 굴리고 싶어진다』를 출발점으로 하여 문학과지성 시인선 목록은 제2번 마종기, 제3번 정현종, 제4번 오규원, 제5번 윤상규(윤후명)의 순서로 기록되어 있다. 그런데 1978년 9월에 발간된 황동규 시집 초판의 뒷날개를 펼쳐보면 황동규, 정현종, 오규원, 윤상규의 순서로 발간 일정이 적혀 있다. 이 순서에 따르면 마종기 시집은 돌연히 2번 자리를 꿰차게 된 셈이다.

더욱 주목할 점은 발간 날짜의 순서가 뒤바뀐 사실이다. 제5번인 윤후명의 시집은 1977년 5월에 출간되었으며 제1번인 황동규의 시집은 1978년 9월에 출간된 것이다. 그렇다면 시인선 목록 번호와 시집 출간 날짜의 순서가 일치하지 않는 결과가 밝혀주는 진실은 무엇일까? 그것은 시집 발간 날짜와 상관없는 발간 순서가 문학과지성사의 '가치 서열'을 반영해주고 있다는 점이다. 마종기의 시집 『안 보이는 사랑의 나라』가 문학과지성 시인선 2번째 자리를 비집고 들어온 것은, 문학과지성사의 편집권을 장악한 문학평론가 김현의 막역한 친구이면서, 시집 출간에도 영향력을 행사하는 황동규의 의견이 받아들여진 결과로 보인다. 마종기가 황동규와 서울고등학교 시절 단짝이면서 훗날에는 함께 『평균율』이라는 동인지를 발간한 인연이 반영되었을 것이다.

어쨌거나 서울에서 명문 고등학교를 졸업했거나 서울대학교에 진학한 문학청년들이 중심이 되어 『산문시대』(김현, 김승옥, 김치수, 서정인)와 『사계』(김현, 황동규, 정현종, 김화영) 등의 동인지를 발간하며 훗날에는 '문학과지성 에콜'의 주역을 차지하게 되었다. 따라서 영남지역에서 학업과 청춘시절을 보낸 오규원은 에콜의 중심부로 입성하기가 어려웠고, 그런 처지가 그에게 소외감을 안겨주었을 것이다. 훗날 김현이 작고한 이후인 1990년대부터는 신라시대의 골품제도와 연관된 '성골'과 '진골'이라는 용어까지 문단에 회자되었으니, 문학과지성사에서 김현의 계보를 잇는 서울대학교 불문과 출신인 이성복과 이인성, 정과리는 성골에 속하며 서울대학교 출신이더라도 불문과에 적을 두지 않은 황지우나 성민엽, 홍정선은 진골이라는 것이 소문의 내용이었다.

새것 콤플렉스

내가 문학평론가로 문단에 진입한 1988년도 가을에 오규원은 한숨을 내쉬며 이런 말을 건넨 적이 있었다.

— 이 선생은 시인이 아니고 평론가라서 좋겠어요.

나는 언뜻 그의 의중을 헤아릴 수가 없었다. 그리하여 어리둥절한 표정을 짓자 그는 시인으로서 자신이 처한 곤경을 밝혔다.

— 나는 늘 새로운 것을 써내야 한다는 강박증에 시달립니다.

평론가라고 낡은 것에 안주할 리는 없다. 하지만 평론가들은 1차 텍스트인 시나 소설작품에 기대는 글쓰기를 감행할 때가 많다는 점에서, 전적으로 독창적이어야 한다는 부담을 덜어낼 수는 있을 법했다. 그런데 그런 고백을 들으면서 오규원의 새것 콤플렉스가 창작활동과 평가에서조차, 학연이나 지연이 기득권을 발휘하는 문단 풍토와 연관되어 있을 것이라는 의혹이 생겨났다. 든든한 지원세력이 버티지 않는 현실 속에서 독자적인 가치를 인정받고 살아남으려면, 항상 새로운 성과를 제시해야만 한다고 스스로를 다그칠 수밖에 없을 듯도 했다.

그러고 보면 문학과지성 그룹을 대표하는 1960년대 등단 시인들

중에서 오규원은 불리한 여건을 극복하고 황동규, 정현종과 함께 '문지 트로이카'라는 평가를 받아왔다. 더구나 세 명의 시인들 중에서도 가장 실험적이며 적극적으로 자기 갱신을 도모하는 시세계를 펼쳐 보였다는 점에서, 오규원이 감당해야만 했던 소외감은 역설적으로 빛나는 성과를 안겨준 셈이다. 그런데 오규원이 감당해야만 했던 소외감의 성과는 그 정도로 마감되지도 않았다.

빨간 색연필 효과

본의 아니게 문학평론가로 문단에 발을 들여놓은 1988년 가을부터 나는 서울예전 문예창작과로 강의를 나가는 날에도 더 이상 학과 사무실을 찾지 않게 되었다. 그 까닭은 오규원 교수가 "문화예술연구소"라는 부설기관을 설립하고 소장으로 취임하면서 별도의 사무실 공간을 마련해 놓았기 때문이다. 학교에서 매입한 정문 옆의 작은 건물 꼭대기 층에 자리 잡은 연구소를 풀방구리에 쥐 드나들 듯하던 나는 여러 차례 진기한 장면들을 목도하게 되었다.

그것은 신춘문예 마감이 임박한 늦가을 무렵마다 발생하는 상황이었다. 오규원의 연구소에는 졸업생과 재학생들이 번갈아서 들락거리며 자청해서 봉변을 당하는 기묘한 상황이 반복되었다. 학생들은 스승에게 자신들이 써온 시작품을 선보이고 평가를 받고 싶어했는데, 내가 판단하기로는 평가랄 것도 없어 보였다. 오규원은 빨간 색연필을 들어서 대부분의 작품 내용을 지워버리는 일에만 분주했다. 온통 벌겋게 덧칠되어 버린 작품을 돌려받으며 좌절감에 사로잡힌 학생들의 처진 어깨를 안쓰럽게 바라보는 나에게 오규원은 냉정한 어조로 이렇게 말했던 듯하다.

– 잘 빼먹는 훈련을 거치면서 단단해지는 거죠.

잘 빼먹는 훈련이란 절제된 언어 표현법을 연마하는 것이었다. 어쩌면 1990년대에 오규원이 선보인 간결하면서도 명징한 '날이미지'의 시편들도 그렇게 잘 빼먹는 훈련법을 자신에게 적용한 결과는 아니었을까? 그리고 어쩌면 그런 시쓰기의 변화는 폐질환으로 시골에 머무르는 시간이 많아지면서 삶을 바라보는 시선이 초래한 결과는 아니었을까?

어쨌거나 잘 빼먹는 언어 훈련을 가혹하게 받은 그의 제자들은 1980년대 후반부터 왕성하게 문단에 진입하면서 주목받는 시인으로 성장하는 결실을 이룩하였다. 나는 등단 이전의 제자들에게는 엄격하면서 혹독한 훈련을 강요하던 그가 등단 이후의 제자들을 너그럽게 품어주며 적극적으로 지원해주는 정황을 여러 차례 목격하고 문단의 소문으로도 확인한 바 있다.

사실 자신의 창작과 제자 훈련의 열정을 병행하기는 어렵다. 1990년대부터 대한민국에는 문예창작과 개설 열풍이 불어 닥쳤고 수십여 개의 문예창작과가 생겨나면서, 수많은 유명 문인들이 문예창작과 전임교수로 부임했으나 두 가지 작업을 조화롭게 성공시킨 사례는 흔하지 않았다. 그런 점에서 비교적 드문 성공사례를 과시한 오규원의 열정과 능력은 그가 문학과지성 에콜에서 감내해야만 했던 소외감의 빛나는 부산물이라는 판단을 지우기가 어렵다. 그렇다면 본래 문학의 길이란 이런 운명을 열어 보이는 것이 아닐까, 세라비!

1980년대 후반기 문예지와 등단 상황

『문학과사회』 창간호

1988년도는 특별한 해였다. 서울올림픽이 열렸던 사실과 무관하게, 1988년은 한국문단에 특별한 활력소를 마련해준 한 해였다. 그리고 나에게는 문단으로 뜻밖의 발걸음을 내딛게 만들어준 한 해이기도 했다.

1988년의 활력소는 1987년도의 시민항쟁이 이끌어낸 결실이었다. 6월 시민항쟁은 직선제를 이끌어냈고, 직선제의 결과는 신군부 독재가 빚어낸 제5공화국보다 '느슨한' 제6공화국을 탄생시켰다. 느슨한 억압은 제5공화국이 옥죄었던 언론통폐합의 숨통을 다소간 열어놓아 1988년의 봄을 맞이하면서 1980년에 폐간되었던 두 문예지가 복간되거나 세대를 달리하면서 창간되었다. 『창작과비평』이 복간되었고, 『문학과지성』을 대신하여 『문학과사회』가 창간되었다.

1980년대 초반에 자행된 언론통폐합 조치에 맞서는 문학인들의 대응책은 문학소집단운동으로서의 비정기간행물, 이른바 무크지와 동인지의 발간 전략이었다. 자유실천문인협회에서 발간한 『실천문학』과 문학과지성사에서 발간한 『우리세대의문학』이 문학 진영을 달리하는 무크지의 표본이라면, 『시와경제』와 『시운동』 역시 상호 대립적인 문학관을 표방하는 동인지의 표본이었다. 다양한 무크지와 동인지의 과감하거나 개방적인 지면을 통하여 새로운 면면의 젊은 문학인들이 문단에 진입하였고 그들은 새로운 세대의 시각을 과감하게 펼쳐 보였다.

1980년대 중반을 넘어설 무렵에 창간된 무크지 『문학의 시대』로 문단에 진입한 문학평론가 홍정선과의 만남은 열정 없는 '문청(文靑)'에 불과했던 나의 마음가짐을 교란했다. 1987년도 초가을의 서울예전 문예창작과 학과사무실 입구에 놓인 검은색 낡은 소파는 시간강사들의 유일한 안식처였다. 그런데 하필이면 소파의 위치가 같은 사무실 공간에 놓인 다섯 개의 책상들에게 무방비상태로 노출되어 있었다. 그것은 마치 프랑스의 후기구조주의 철학자인 미셸 푸코가 『감시와 처벌』에서 밝힌 바 있던 '판옵티콘'이라는 감옥의 구조를 연상시켰다. 학과 사무실에 출입하는 시간강사들은 소파에 앉는 순간 판옵티콘에 갇혀버린 죄수처럼, 최인훈 교수를 비롯하여 오규원 교수와 행정조교에 이르기까지 다섯 명의 책상 주인들로부터 감시받는 운명을 수락해야만 했다. 그러한 감시의 운명으로부터 자유로워지는 유일한 길은 책으로 시선을 돌리거나 소파에 동석한 공동 운명체와 영혼 없는 건조한 대화라도 나누는 방법이었다.

그런데 1987년도 2학기가 시작되는 무렵에 그 소파에서 비슷한 연배의 문학평론가 홍정선과 조우하게 된 것이었다. 마주 보고 앉은 우리는 자연스럽게 통성명을 하였고 겉돌 뻔했던 자리는 나의 지도교수인 김우창과 내 최초의 가정교사였던 황지우가 거론되면서 격의 없는 분위기로 돌변하였다. 그 무렵 황지우와 가까운 친구 사이였던 홍정선은 내가 고등학교 3학년 시절부터 황지우와 맺었던 몇 번의 인연을 흥미진진하게 듣더니 그 인연을 더욱 '의미 있는 인연'으로 만들어보면 어떻겠느냐는 제안을 해왔다.

그 무렵 나의 고민은 전공 공부나 문학 창작이 아니었다. 정규직으로 안정적인 수입이 보장되었던 고려대학교 총장실 비서 생활을 청산하고 처음으로 맞이한 시간강사 생활은 무려 3개월에 가까운 여름방학을 백수로 보내는 동안 경제적 불안감을 초래했다. 따라서 나는 가을이 되자마자 닥쳐올 겨울방학에 대비해서 저축해야 할 돈벌이에 촉각을 곤두세울 수밖에 없었다. 홍정선의 '의미 있는 인연'이란 제안은 문학평론에 도전해보라는 뜻이었는데, 나로서는 그것의 가성비(?)를 따져보지 않을 수가 없었다. 이제 와서 하는 이야기지만 평론은 소설과 같은 수준의 원고료를 지급할 뿐만 아니라 평론에서 자주 인용하는 작품의 분량마저 원고료를 챙길 수가 있어서 가성비는 오히려 소설보다도 높은 편이었다. 그 무렵에는 그런 사항까지 파악할 수는 없었으나 1987년도 겨울방학 대비용 호구지

책으로는 괜찮겠다는 판단이 들었다.

홍정선의 제안을 듣고 난 다음 주에 내가 황지우의 시세계를 정리하는 평론 원고를 작성하겠노라는 의견을 피력하자, 그는 마침 자신이 동인으로 참여하는 새로운 문학계간지가 내년 봄 호로 창간이 된다는 정보를 들려주며, 어쩌면 그 잡지에 내 원고를 게재할 수도 있을 거라는 희망적인 답변을 들려주었다. 그렇게 창간이 된 문예지가 바로 문학과지성사에서 발간한 『문학과사회』였으니 홍정선은 정과리와 권오룡, 성민엽, 진형준 등의 동세대 젊은 평론가들과 함께 편집동인으로 참여하게 되었다. 이른바 『문학과지성』의 제2세대 문예지가 창간된 셈이었다.

그날로부터 점점 길어지기 시작하는 가을밤을 나는 황지우론을 집필하는 작업으로 맞이하였다. 그 시절의 나에게 황지우는 문학적 분석이나 평가의 대상이기 이전에 인생의 전환점을 마련해준 이정표 같은 존재였으므로, 처음 작성해보는 문학평론은 마치 추억의 일기장을 소환하거나 연애편지를 작성하는 일처럼 받아들여졌다. 그러면서도 100매를 넘겨야 한다는 경제적 고려사항을 풀려나가는 글 속에 꾹꾹 새겨 넣었다.

10월을 보낼 무렵 정리된 두꺼운 분량의 원고지 묶음이 서울예전 문예창작과 사무실에서 홍정선의 손에 건네졌고, 나는 문학과지성사가 자리 잡은 서교동 쪽으로 촉각을 곤두세웠다. 그리고 이어진 겨울방학을 가난하게 맞이했으며 서교동 쪽에서는 감감무소식, 마침내 초조한 손길로 시내 대형서점을 찾은 나는 잡지 코너에서 창간호 얼굴을 내밀고 있는 『문학과사회』를 발견할 수 있었다. 예상한 대로 표지 목차에서 내 이름을 확인할 수는 없었다. 문학과 지성사에서 연락이 없었으니까 당연한 결과라는 사실을 인정하면 서도 가슴 한켠에서 서운함과 분노가 치밀어 오르기 시작했다. 나 는 서울예전 문예창작과에 출강하는 홍정선의 전화번호를 확인하 고 전화를 넣었다. 그리고는 이내 수화기 너머로 난감해하는 홍정 선의 "김주연 선생이 선수를 치는 바람에……"라는 변명을 확인할 수가 있었다.

자초지종은 이랬다. 창간호 외부필진을 정리하는 자리에서 내 원고 이야기를 꺼내기도 전에, 『문학과지성』 편집동인이었던 선배 문학평론가 김주연이 황지우론을 쓰고 싶다는 의견을 피력했다는 것이었다. 서열순위에다 문외한에 불과한 내 원고가 밀려버리는 사태가 초래되었는데 면목이 없어진 홍정선은 차일피일 내게 연락 할 책임을 미루어 버렸던 것이다. 어눌하게 가라앉은 그의 목소리 를 들으며 나로서는 원고 게재보다 원고료 마련이 중요하다고 말을 건넸던 듯하다. 그리고 그가 내 원고를 반드시 살려내겠노라고 다 짐을 주었던 듯도 하다.

『문학과비평』 신인상

1988년의 봄꽃이 진달래에서 철쭉으로 바뀔 무렵에 '탑출판사'라는 곳에서 전화가 걸려왔다. 시인 박세현이라고 자신을 소개한 그는 홍정선의 청탁을 환기했다. 탑출판사에서 『문학과비평』이라는 계간문예지를 발간하는데 내 원고가 추천을 받았던 바, 난처한 문제점을 확인하기 위하여 연락을 넣었다는 것이었다. 그 문제점이란 내 원고가 논문이 아니라 문학평론에 해당하기 때문에 등단 경력이 있어야만 원고가 게재될 수 있다는 것이었다. 나는 공식적으로 문단 진입 절차를 밟은 바가 없다는 사실을 문예지 편집장이었던 그에게 밝혔고, 그는 주저하는 음성으로 여름에 공모되는 신인상 평론 부문에 응모하면 어떻겠느냐는 의사를 타진해왔다. 아, 순간 뒤통수를 한 대 가격당한 느낌이랄까, 아니면 섣부른 기회를 노리다가 허방다리에 빠져버린 듯한 무력감이 엄습해왔다. 그리고는 '에이, 될 대로 되라지' 하는 심정으로 그의 제안을 수락해 버렸다. 1987년의 겨울방학을 견디려던 호구지책이 1988년의 여름방학을 기대하게 만드는 호구지책으로 뒤바뀌는 순간이기도 했다.

그리고 내가 사는 한갓진 동네 담장에 들장미가 만개할 무렵에, 부산대학교 국문과 김준오 교수로 발신인이 밝혀져 있는 편지 한 통이 배달되었다. 그는 구모룡을 비롯한 젊은 문학평론가들을 가르치고 발굴한 부산 지역 평론 분야의 대부 같은 존재였다. 편지에서 신인상 평론 분야 심사위원이라고 밝힌 김준오 교수는 내 평론의 부분적인 문제점을 지적하며, 그 사항들을 수정하면 평론 부문 신인상 당선작으로 결정하겠노라는 의견을 제시했다. 그의 지적이 대체로 타당했으므로 나는 박세현 편집장에게 김준오 교수의 수정 요청을 받아들인다고 연락했다. 당시에 나로서는 이러한 등단 공모과정과 심사과정이 일반적으로 통용되는 절차인지를 알 수 없었다. 앞에서도 밝혔듯이 나에게 절실한 것은 기나긴 방학을 견딜 만한 경제적 방편이었으므로, 그 밖의 다른 사항은 부차적인 사항으로 여겨졌었다. 그렇게 하여 나는 문단이라는 곳으로 진입하게 되었다. 1988년 여름에 벌어진 상황이었다.

시운동 합평회와 기형도

내가 문단으로 전입신고를 마친 몇 개월 후에 서울올림픽이 열렸고, 올림픽대회를 성공적으로 마무리한 노태우 군사정권은 더 개방적인 언론문화 정책을 펼쳐 보이기 시작했다. 그런 정책의 후광이었을까, 1988년부터 1990년대에 이르기까지 대한민국 문화계는 그야말로 봇물 터지듯 정기간행물 창간 사태를 맞이하게 된다. 대기업부터 조그만 중소기업에 이르기까지 헤아릴 수도 없는 사보와 홍보지들이 발간되더니, 문학계에도 문예지 창간 바람이 불어와서 수많은 계간지와 월간지가 쏟아져 나왔다. 월간지의 경우에는 종합문예지로 『문학정신』이 창간되었고, 월간 시전문지로 『현대시』가 창간되었으며, 시전문 계간지로는 『현대시세계』와 『현대시사상』 등이 창간되었다. 수많은 잡지들이 발간되면서 이전에는 꿈도 꾸기 어려웠던 '전업 작가'들이 속출하기 시작했다. 젊은 소설가와 시인의 경우에도 오로지 원고료와 인세 수입만으로 생활을 꾸려나가는 일이 가능하게 되었다. 그러한 변화는 나의 삶에도 영향을 미쳤으니, 강의료 말고도 적지 않은 원고료 수입으로 생활의 여유를 마련하게 되었다.

그런 변화 속에서 1988년 11월에 시운동 동인인 하재봉 시인의 연락을 받았다. 매달 인사동에서 새로 시집을 펴낸 젊은 시인을 초대하여 시집 합평회를 열기로 했는데 나를 초대하고 싶다는 것이었다. 그의 제안을 기꺼이 수락한 나는 문학평론가 자격으로 인사동의 젊은 문학인 모임에 얼굴을 내밀게 되었다. '연화랑'이라는 곳에서 개최된 시집 합평회에는 대략 열댓 명 정도의 젊은 문학인들이 초대를 받았는데 그날의 주인공은 문학과지성사에서 첫 시집 『얼음시집』을 펴낸 송재학이었다. 시운동의 주역인 하재봉과 이문재, 남진우와 박덕규, 그리고 나처럼 문단에 갓 진입한 문학평론가 권성우와 류철균도 참석하였다. 그날 합평회를 위해 대구에서 상경한 송재학은 청문회에 불려온 공직자처럼 난도질을 당했는데 난도질의 주역은 시운동 동인들이었다. 이를테면 주최 측의 갑질이었던 셈이다. 지금도 기억나는 장면은 이문재가 "이 시집을 발간한 시인은 청력에 이상이 있는 듯하다"는 뜬금없는 진단을 내렸는데 놀랍게도 송재학이 그 점을 인정해버린 사실이었다. 청문회의 주역이 의사의 역할까지 감당해버린 셈이었다.

그런데 합평회를 마치고 이어진 뒤풀이에서 송재학의 복수혈전이 감행되었다. 합평회에서 침묵하거나 수세적인 답변으로 일관하던 그는 냉소적인 반론을 거침없이 쏟아냈으며, 청문회의 주역이었던 시운동 동인들은 마치 사전에 계획된 연기를 수행하듯 수세적인 반응을 연출하였다. 하지만 그날의 또 다른 주인공은 뒤늦게 2차에 합석한 중앙일보 기자이자 시인인 기형도의 낭만적인 노래였다. 그의 감미로운 목청은 다소간 치기 어린 문학인들의 열띤 공방을 잠시나마 가라앉히기에 충분했다. 그리고 그로부터 불과 4개월 후에 기형도는 그 술집으로부터 가까운 심야극장에서 싸늘한 시신으로 발견되었다. 아름다운 곡조를 빚어내던 그의 입에서 흘러나온 "검은 잎" 같은 토사물이 그가 지상에 마지막으로 남겨놓은 흔적이었다.

아궁이샘물 시인과 작가세계 탄생

— 최승호와의 인연

아궁이샘물 시인을 평창동 언덕배기에 자리 잡은 그곳에서 처음으로 만나게 되었다. 1989년 1월 1일 저녁, 나의 고려대학교 영문과 대학원 논문지도교수이며 『세계의문학』 편집위원인 문학평론가 김우창 선생의 자택에서였다. 그런데 친구인 문학평론가 이남호와 함께 새해 인사를 드리기로 약속한 김우창 선생 집에 그가 먼저 찾아와 있었다. 그는 사진으로 친숙했던 검은 뿔테안경 너머로 우리에게 고요한 눈인사를 건넸다. 몇 년 전 시문예지에 실렸던 그의 시작메모가 선연하게 가슴으로 스며들었던 기억이 떠올랐다. 장마철이면 셋방살이 아궁이에 맑은 샘물이 고여 있는 일상을 확인하며 시창작의 마음가짐을 다잡는다던 그의 글을 읽은 후 나는 마음속으로 그에게 "아궁이샘물 시인"이라는 별명을 붙여준 바 있었다.

그의 이름은 최승호, 처음으로 그와 마주친 그곳에서 검은 안경테 너머의 크고 맑은 눈망울이 아궁이샘물 같다는 느낌을 아로새

겼다. 화가가 되고 싶었으나 집안 형편 때문에 춘천교대를 선택했으며, 시 창작에 대한 열의로 사북이라는 강원도의 탄광촌 오지를 발령지로 선택했던 그였다. 1977년에 『현대시학』으로 등단했으나 기대했던 청탁은 드물었고 이어지는 무명의 나날은 그에게 쓸쓸함과 실의를 안겨줄 따름이었다. 하지만 시쓰기의 결의를 곧추세운 그가 다시 공모에 응한 1982년의 종합문예지가 벅찬 보람을 안겨주었으니 그 보람을 안겨준 은인이 바로 『세계의문학』 〈오늘의 작가상〉 심사위원으로 참여한 김우창이었다. 김우창은 이듬해 발간된 그의 첫 시집 『대설주의보』의 해설을 집필하는 인연을 첨부하였다.

1980년대 후반기부터 『세계의문학』 편집위원으로 참여한 이남호와 그곳에서 시인으로 두 번째 인생을 시작한 최승호의 친분은 두터운 듯 보였던 바, 1989년 새해 첫날 저녁에 이남호의 제안으로 우리 세 사람은 역시 평창동에 위치한 이남호의 집으로 술자리를 옮겨갔다. 그 무렵 최승호는 『영웅문』이라는 중국 무협소설을 비롯한 베스트셀러 대중소설을 발간하며 장안의 지가를 올리던 출판사 고려원의 편집주간 직책을 맡고 있었는데, 뜻밖에도 그 자리에서 물러나리라는 암시를 던져서 나의 호기심을 한껏 자극했다.

- 잡지를 만들 것 같아요.

문예지를 창간하겠다는 고백인데, 그 말이 바로 일자리를 옮기겠다는 암시였던 셈이다. 형식적으로 우리 두 사람에게 협조를 당부하던 그의 태도는 바로 전 해에 등단한 나에게 서평 한 꼭지를 청탁하는 행동으로 이어져서 시인 최승호뿐만 아니라, 그가 새로 만드는 잡지에 대한 비상한 관심을 북돋웠다. 그리고 그해 5월, 1990년대 한국문학사에 중요한 이정표를 확립하는 종합문예지 『작가세계』 창간호가 발간되었다.

마치 판화에 네 그루의 나무 형상을 거칠게 새겨놓은 듯한 표지의 제호(題號)와 그 무렵까지 문예지로서는 드물게 심플한 디자인 감각을 부려낸 여러 페이지의 사진화보는 아직 시인으로 등단하기 전이었던, 서울대학교 미대 출신의 편집부 직원 박상순의 솜씨였다. 하지만 무엇보다도 『작가세계』의 가장 독특한 면모는 작가의 전기적 자료들을 발굴해내는 「문학적 연대기」를 출발점으로 구성되는 '작가특집'이었다. 〈문학적 연대기〉와 〈작가론〉, 그리고 여러 편의 〈작품론〉과 〈작가 인터뷰〉까지 포괄하는 '작가특집'은 잡지의 상당한 분량을 차지하면서 그야말로 작가의 문학적 생애를 취재하고 연구한 문학앨범의 기능을 수행하였던 바, 이후로 한국 문예지들이 기획하는 작가특집의 전형적인 모델로 인정받게 되었다.

그해 여름에 내가 종로의 낙원동 부근에 자리 잡은 최승호의 출판사인 〈세계사〉에 들렀을 때 그는 『작가세계』 창간호를 내게 건네주며 초판을 1만 부 찍어냈는데, 이어지는 주문에 2쇄까지 간행했노라고 고백한 바 있다. 문예지가 1만 부라니, 그것도 2쇄까지 찍어내다니, 나는 창간호가 누리는 세간의 관심을 감안하면서도 놀라지 않을 수 없었다. 창간호의 '작가특집'이 이문열이라는 당대의 베스트셀러 소설가라는 사실을 어림하면서 잡지 내용을 뒤적이다가 나는 여러 장의 사진과 함께 기구한 인생사를 풀어놓은 〈문학적 연대기〉의 참신한 효과를 찾아낼 수 있었다. 대한민국의 문학 독자들은 연예인들의 사생활을 궁금해하듯이 유명작가의 감추어진 인생사를 들여다보고 싶어 하는 것이다. 게다가 한국문학은 서양문학의 유구한 전통이면서 보고(寶庫)로 자리 잡은 '전기문학의 자산'을 거의 미답의 영역으로 방치해버린 과오를 저질러놓고 있었다. 그 과오를 벌충해주는 작업을 〈문학적 연대기〉가 시도했던 셈이다. 훗날 내가 궁핍한 살림 탓에 최승호의 도움으로 〈문학적 연대기〉의 최다 필자라는 기록을 세우면서 녹음기를 들고 특집작가들을 인터뷰하러 다녔을 때 작가들도 〈문학적 연대기〉에 대한 관심을 피력한 바 있었는데, 소설가 박완서 선생은 노골적으로『작가세계』지면 중에서 〈문학적 연대기〉가 가장 재미있노라는 고백을 내게 들려주기까지 했다.

그해 겨울로 접어들 무렵 내가 다시 낙원동의 세계사 사무실을 찾았을 때 최승호는 안절부절하고 있었다. 그는 세계사를 설립한 지 불과 6개월 만에 발행인의 변심으로 추가 투자비를 받아내지 못하고 출판사 문을 닫아야만 하는 처지에 놓여있었다. 그가 작은 규모로라도 세계사를 유지하고 싶어 했으므로, 최승호와 나는 같은 또래인 연극인이며 시인인 이윤택의 안내로 그의 가마골소극장이 둥지를 튼 동숭동 일대의 빈 사무실들을 둘러보기까지 했다. 하지만 뾰족한 해결책을 찾아내지 못하게 되자 최승호는 체념하는 심정으로 자신에게는 문단의 친가와도 같은 민음사의 박맹호 사장을 찾아갔다. 민음사의 박맹호 사장은 〈오늘의 작가상〉을 제정하여 최승호에게 시인으로 우뚝 설 수 있는 기반을 마련해준 또 한 명의 은인이었으며, 출판인으로서도 큰 성공의 입지를 마련한 대선배였으므로 최승호가 앞날을 상의할 적임자였던 셈이다.

박 사장은 두말하지 않고 최승호에게 민음사 주간으로 부임할 것을 제안하였다. 그 제안은 세계사를 포기하라는 뜻을 내포한 셈이었다. 다른 대안을 찾아낼 여지가 없었으므로 최승호는 그 자리에서 박 사장의 제안을 수락하였다. 그런데 운명은 참으로 얄궂은 기사회생의 출구를 최승호에게 마련해주었다. 최승호가 민음사 주간으로 근무할 것을 수락한 바로 다음 날, 도서유통업으로 튼실한 사업기반을 마련한 최선호 사장이 최승호에게 연락을 해온 것이다. 최 사장은 도서유통사업과는 별도로 청한이라는 이름의 출판사를 운영하고 있었는데, 본인이 도서유통사업에 전념하기 위하여 청한출판사를 책임져줄 출판 편집자를 찾고 있었던 것이었다. 최승호가 청한출판사를 맡아만 준다면 최 사장이 세계사를 인수해준다는 조건을 수락했기 때문에 최승호는 안타까운 심정으로 탄식을 내뱉지 않을 수가 없었다. 단 하루 만의 차이로 그가 그렇게 학수고대했던 돌파구가 마련되었기 때문이었다. 하지만 세계사를 살려내는 임무 못지않게 문단에서의 약속이나 신의를 지키는 일도 중요하게 받아들여졌으므로, 최승호는 할 수 없이 최 사장에게 마지막 카드를 내밀었다.

그 카드는 1년 동안만 세계사와 청한출판사 주간으로 취임하는 일을 유예해 달라는 제안이었다. 최선호 사장 입장에서는 그야말로 혹을 떼러 왔다가 혹을 하나 더 붙이고 돌아가야만 하는 처지가 되어버린 셈이었다. 곤혹스러운 숙고와 침묵의 시간이 도래하고 마침내 이름도 비슷한 최승호 시인과 최선호 사장의 절충안이 마련되었다. 그것은 최승호가 1년 동안만 민음사에서 주간으로 복무한 후에 세계사로 복귀하도록 하고, 최승호가 세계사를 떠나있는 기간 동안 세계사에 근무하고 있는 최승호의 동생인 최계선이 세계사 편집장으로 취임하는 방안이었다. 절충안이라고는 하지만 최선호 사장이 백기투항하는 모양새와 다를 바가 없었다. 바꾸어서 생각해보면 최선호 사장의 최승호에 대한 기대감이 그만큼 지대했다고 평가할 수도 있을 것이다. 베스트셀러를 만들어낸 고려원에서의 출판 안목과 짧은 기간에 문학계의 주목을 받는 신생출판사를 만들어낸 편집 능력에 대한 기대감이었을 것이다. 어쨌거나 이때부터 1년 동안 최승호의 '이중생활'이 시작되었다. 몸은 민음사에 남겨두고 있으되 마음은 콩밭과 다를 바가 없는 세계사를 향해야만 하는 분주한 나날을 맞이하게 된 셈이다.

이름의 추억과 현대문학 죽비소리

인터넷 다음 포털 검색어 창에 문예지 『작가세계』를 검색해보면 '어학사전'의 "우리말샘"이라는 항목에서는 이렇게 기술되고 있다. "1989년 여름에 창간된 계간 문예잡지. 초대 편집인은 평론가 이동하와 시인 최동호이다." 처음부터 틀린 설명인 셈이다. 항목을 서술한 장본인이 '최승호'를 '최동호'로 서술해놓고 말았다. 이름이 비슷하다 보니 착각해버린 모양이다. 이런 오류는 인터넷에서 매우 흔하게 발견되는 사항이다.

시인 최승호가 창간한 문예지 『작가세계』 발행인의 이름도 착각의 대상이 되었던 적이 있다. 창간호의 가장 끝 페이지에 실려 있는 판권에 발행인의 이름은 '최성호'이다. 자본을 출자해서 잡지를 재정적으로 지원해주는 역할이 발행인의 몫인데 최성호 씨는 파티마 병원을 설립하고 성형외과 분야에서 큰 실적을 남긴 분이다. 세간에서는 "남궁설민"이라는 이름으로 알려져 있다. 그런데 1년도 지나지 않아서 발행인이 출판유통업을 하는 '최선호' 씨로 바뀌어 버렸다. 이렇게 되니 최승호와 최성호와 최선호라는 이름들이 번갈아서 등장하는 꼴이 되어버렸다. 이름이 비슷한 사람들이 잡지 판권 명단에 들락거리다 보니 관할 세무서에서 세 사람이 가족관계가 아닌지 확인하는 해프닝이 벌어지기도 했다.

내가 등단한 지 얼마 후인 1980년대 말에는 문학평론가이며 모두 고려대학교를 졸업하고 1980년대에 등단했으며 연배도 엇비슷한 이남호와 이광호와 이경호의 관계가 이야깃거리가 되거나 사람들에게 착각을 불러일으켰던 적도 있다. 1989년 겨울이었던 것으로 기억이 되는데 어느 문학상 시상식장에서 중견 문학평론가이며 서강대 국문과에 재직하고 있는 이재선 교수가 나에게 다가와서 반가운 표정으로 손을 내밀었다.

– 아버님한테 이야기 들었네. 열심히 공부하고 활동하기 바라네.

그는 내가 등단한 비슷한 시기에 우찬제와 김경수라는 두 제자가 신춘문예를 통해서 문학평론가로 등단하는 보람을 챙긴 바 있었다. 그런 그가 나로서는 도무지 요령부득한 덕담을 꺼내는 바람에 어안이 벙벙해질 수밖에 없었다. 어색하게 인사를 나누고 그 자리를 물러난 이후로 한참이 지나고 나서야 나는 그날 그가 건넸던 덕담의 주인공이 내가 아니라 이광호라는 사실을 깨닫게 되었다. 그는 이광호의 부친인 원로 아동문학평론가 이재철 교수와 친분이 있었기에 나를 이광호로 착각했던 것이었다. 그 후에도 이런 일은 자주 반복되었다. 어떤 사람은 나를 친구인 이남호와 형제 관계로 오해하기도 했다. 이남호와 나는 같은 학번이었으나 그는 고려대 국문과 출신이었으며 나는 영문과 출신이었다. 우리는 1970년대 후반에 고대문학회 모임에서 안면을 트고 가까운 친구 사이가 되었다. 이광호는 고려대 사범대학교 국어교육과 출신이었으며 나이는 나보다 여덟 살 아래였다.

문단에서 이름이 초래하는 착각은 원고료 문제를 야기하기도 했다. 1960년대 전반기에 출생하고 1980년대 후반에 등단을 하고 1990년대에 활발한 활동을 벌였던 소설가 박상우와 시인 박상우의 관계가 그랬다. 나는 두 사람에게서 잡지사의 원고료가 잘못 송금되었다는 사실을 확인한 바 있었다. 소설가의 원고료가 시인에게 송금되어 버렸던 것이다. 두 사람 모두와 안면을 트고 지냈던 나는 그 돈을 돌려주었는지 시인 박상우에게 물었고 그는 아쉬운 표정으로 소설가 박상우의 전화를 받고 돌려주었노라고 고백한 바 있다.

단지 이름이 같다는 이유만으로 협박을 받는 경우도 문단에서 발생했다. 1983년에 『문예중앙』 신인상으로 등단한 박세현은 어느 날 동갑내기 시인으로부터 으름장을 놓는 전화를 받게 되었다. 전화를 넣은 장본인은 그보다 4년 먼저 『문학과지성』으로 등단한 박남철이었다.

— 박형, 축하해요. 그런데 나하고 이름이 같네. 여러 가지로 불편한 일이 생길 것 같으니 이름을 바꾸는 게 좋을 것 같은데……

내성적이며 순박한 성품을 가진 강원도 청년 시인 박남철(박세현)은 단지 몇 년 선배라는 이유만으로 우격다짐을 넣는 동명이인의 선배 시인에 대해 수소문해 보았을 것이다. 그리고 그가 문단에서 왈패에 가까운 언행으로 여러 차례 소동을 일으킨 사실도 알아냈을 것이다. 결국 그는 필명을 박남철에서 박세현으로 바꾸고 말았다.

문단에서는 이름이 똑같거나 비슷해서 생겨나는 문제도 많았지만, 이름을 확인할 수 없어서 문제가 발생하는 경우도 있었다. 1997년의 『현대문학』이 그랬다. 우리나라의 최장수 문예지라는 빛나는 전통을 간직한 『현대문학』은 1997년에 수십 년의 전통을 일신하는 변모를 세간에 과시하여 화제와 논란을 불러일으킨 바 있었다. 가장 낯설게 다가온 변화는 표지에서부터 목차와 본문에 이르기까지 환골탈태를 해버린 디자인과 글씨 모양이었는데, 글씨 모양의 변화를 주도한 장본인은, 소위 "안상수체"라고 하는 것을 개발한 안상수였다. 당시 홍익대학교 미술대학 시각디자인학과 교수였던 그가 개발한 글씨체는 아직 대중적 인지도가 높지 않았었는데 가장 보수적인 전통을 고수하는 문예지에서 그런 글씨체를 도입한다는 것 자체가 화젯거리였던 셈이다. 현대문학의 전통에 익숙한 독자나 문인들의 불평이나 저항이 적지 않았으나, 『현대문학』 창립자이며 모기업인 대한교과서 사주의 며느리였던 양숙진이 편집인이자 주간으로 부임하며 내린 결단이었기에, 혁신의 고삐는 늦추어지지 않을 수가 있었다.

문예지의 모양뿐만 아니라 내용까지 파격적으로 뒤바뀐 상황에는 당시에 기획실장으로 재직했던 내 역할도 개입이 되었다. 나는 『현대문학』으로 자리를 옮기자마자 양숙진 주간에게 뛰어난 필력으로 문단에 영향력을 행사할 수 있는 문인들을 편집기획위원으로 영입할 것을 건의하였다. 그 제안이 받아들여져서 문학평론가 김화영과 이남호, 소설가 이윤기, 시인 최승호, 그리고 번역가 이재룡이 기획위원으로 참여하게 되었다. 양숙진 주간과 나는 기획위원들과 한 달에 한 번 정도 모임을 가졌으며 문예지 필자를 선정하고 지면을 구성하는 작업에 대한 의견을 나누었는데, 어느 날 김화영 교수가 귀가 솔깃한 아이디어를 꺼냈다. 그것은 이미 출간되었거나 발표된 바 있는 문학작품을 '신랄하게 비판적으로 평가하는' 지면을 마련하고 기획위원들이 모두 필진으로 참여하는 일이었는데, 핵심 사안은 필진을 '익명으로 표기하는 것'이었다. 전체 필진을 공개하되 꼭지별 필진은 익명으로 처리하는 방안에 대하여 다소 논의가 분분하기는 했으나 뒤탈 없이 자유로운 의견을 개진하기 위해서는 부득이한 조치라는 점에 의견이 일치되었고, 이윤기가 지면의 타이틀을 "죽비소리"로 정했으면 좋겠다는 제안이 받아들여지면서 1997년도의 문단과 출판사와 일간지 문화면의 관심을 들썩이게 만든 '죽비소리 논쟁'이 시작되었다. 민음사와 창작과비평과 문학동네 같은 대형출판사에서 출간된 베스트셀러 소설이나 시집이 주로 시비의 도마 거리에 올라서 난타를 당했으며, 일간지 문화부 기자들은 죽비소리의 저격수가 누군지를 자못 궁금해했다. 난타를 당한 문인이나 해당 출판사 편집자는 반론의 지면을 요청하거나 이를

갈았다는 후문이 자자했다. 나는 한동안 문단의 술자리를 기피했으며 필자를 확인하려는 문화부 기자들의 집요한 추궁에 시달려야만 했다. 때로는 엉뚱한 문인이 "죽비소리"의 필진으로 오해를 받아 구설수에 시달리기도 했다. 문단에서 이름에 대한 관심이 이렇게 비등했던 적이 있었던가 하는 생각까지 들 정도였다. 결국 세간의 들끓는 관심과 불평이 대상이었던 "죽비소리"는 오랜 시간을 버티지 못한 채 지면의 간판을 내리고 말았다.

『현대시학』과 『현대시』와 미당과의 만남

— 원래 『현대시학』은 내가 맡기로 되어 있었어.

시인 원구식의 주장이었다. 1991년에 내가 『현대시』를 찾아가 발행인이면서 편집인을 겸하고 있는 그에게 청탁받은 원고를 건네준 후, 인근의 주점에서 술 한 잔 나누다가 전해 들은 뜻밖의, 그리고 당혹스럽기도 한 발언이었다. 원구식의 주장이 당혹스러웠던 까닭은 그 당시에 내가 『현대시학』에 글을 자주 발표하며 주간을 맡은 정진규 시인과 가깝게 지내고 있기 때문이었다.

내가 대학진학에 실패하고 재수하던 1974년 가을에 인사동의 삼육학원이라는 곳에서 처음으로 마주친 국어선생이 정진규 시인이었다. 소월과 미당의 시를 오페라 아리아처럼 극적이면서 리드미컬하게 암송하던 그에게 나는 이내 매혹되었다. 대체로 오후 시간에 진행되었던 국어수업에 낮술을 즐긴 탓인지, 은은한 주향을 풍기는 그의 체취도 낭송 효과를 드높여서 인상적이었다. 그 후로 정진규 시인은 내가 등단하던 1988년에 전봉건 시인이 수십 년 동안 발간해오던 『현대시학』의 주간 자리를 계승하였으며, 삼육학원이 자리를 잡았던 바로 그 건물이 관훈미술관으로 환골탈태를 하게 된 곳 2층에 세를 얻어 유서 깊은 시 전문 월간지를 펴내게 되었다. 입시학원의 국어선생으로 맺은 나와의 인연을 어색해하면서도 정진규 시인이 나에게 격려와 지원을 아끼지 않았던 시절이기도 해서, 나와 동갑내기로 금세 허물을 털어버린 원구식의 돌연한 주장은 나를 혼란스럽게 만들었다.

시인 원구식은 1979년에 동아일보 신춘문예로 등단하면서 시 부문 심사위원이었던 전봉건 시인과의 첫 인연을 마련했던 듯하다. 그 인연이 더욱 현실적인 관계로 전개될 기반을 1980년대 후반부터 한국사회에 불어 닥친 퍼스널 컴퓨터 교육열풍이 마련해주었다. 전국에 우후죽순으로 컴퓨터학원이 문을 열던 시절에 원구식은 일찍 눈이 뜬 컴퓨터 지식을 밑천으로 삼아서 컴퓨터 교재를 만들어 학원에 납품을 했는데, 그것이 소위 밀리언셀러를 기록하는 대박을 터뜨렸던 것이다. 그리고 그 무렵부터 전봉건 시인의 건강이 나빠지기 시작했으며 『현대시학』이 발간되는 형편도 여유롭지 못했던 듯하다. 원구식은 문단 스승의 형편을 돌아볼 경제적 여유를 마련한 탓에 이런저런 도움을 제공하면서 전봉건으로부터 『현대시학』을 물려받을 언질을 확보했을 것이다. 그런데 1988년 여름에 전봉건은 세상을 떠나고 『현대시학』은 우여곡절을 겪은 끝에 정진규의 손으로 넘어가 버렸다. 원구식은 그런 결과에 아쉬움을 넘어서 분노에 가까운 심정을 품게 되었고 그런 심정은 다른 출발을 마련하는 원동력으로 작용하였다.

1990년 1월에『현대시』가 창간된 배경에는 그런 심정이 도사리고 있었다. 그런데 하필이면 제호(題號)가『현대시』이며『현대시학』과 똑같이 월간 시전문지를 창간하게 된 까닭에는 분단 이후 전개된 한국시문학사의 영향이 작용했던 점도 확인해볼 필요가 있다. 본래『현대시』가 본격적으로 문예지의 제호로 사용되기 시작한 것은 1957년이었다. 한국시인협회가 1957년에 발족하자 그 기관지로 창간이 되었던 셈이다. 하지만『현대시』는 문예지 발간의 경제적 기반을 마련하지 못하고 겨우 2호만 발간한 채 폐간되어버리고 만다.『현대시』라는 제호의 문예지가 다시 출간되는 보람은 1961년에 한국시인협회 회원들의 중지를 모으면서 마련되었다. 이때부터 출간되었던『현대시』는 문예지와 함께 동인지의 성격을 갖게 되었으며 1969년까지 20호를 발간하는 성과를 누렸다.

두 차례의『현대시』 발간 역사에서 주목할 사항은 잡지 편집의 실무를 1957년에 발간되었을 때는 전봉건이, 1961년에는 김광림이 맡았다는 사실이었다. 이런 두 시인의 편집 실무 경험을 바탕으로 1960년대 후반에 2종의 시 전문 문예지가 창간되었는데 그 제호가 모두『현대시학』이라는 점도 이채로워 보인다. 1966년 2월에 김광림이 먼저 주간을 맡으면서 창간한『현대시학』은 월간 시전문지로 10월까지 통권 8호를 출간하고 폐간되었으나 1969년 4월부터 전봉건이 주간을 맡고 펴낸『현대시학』은 오늘날까지도 지속해서 발간되고 있다.

시인 원구식이 1990년에 『현대시』를 창간하면서 비상임 주간으로 김광림을 초대한 까닭도 한국시문학사에서 『현대시』와 『현대시학』이 발간되며 시문학 발전에 기여한 족적을 계승하는 취지를 인정받으려는 데 있는 것으로 보인다. 나는 1991년부터 발행인인 원구식의 동의 아래 기획실장이라는 직함을 달고 『현대시』 지면을 쇄신하는 작업을 감행하기 위하여 『현대시』 사무실을 찾을 때마다 자주 김광림 시인을 만날 수가 있었다. 그는 해방 이후인 1948년에 등단하였으며 1957년에 김종삼, 전봉건과 함께 3인 시집인 『전쟁과 음악과 희망과』 등을 펴내며 1950년대 후반기부터 주목받기 시작한 원로시인이었다. 흥미로운 사실은 김광림이 연륜으로나 문단 등단 시기로나 『현대시학』을 맡은 정진규보다 십여 년 선배인데도 정진규와 고려대학교 국문과 입학 동기였다는 점이다. 따라서 두 명의 입학 동기가 1991년에 라이벌 관계인 문예지의 주간을 맡는 기묘한 상황이 펼쳐지던 시기에, 나는 정진규 시인으로부터 배신자라는 소리를 들을 각오를 하고 용산구 삼각지에 자리 잡은 『현대시』 사옥을 거의 3년 동안 일주일에 두 차례씩 꼬박꼬박 찾아가며, 잊을 수 없는 문단의 인물과 사건들을 접하게 되었다.

그 만남들 중에서 1992년의 새해 첫날에 사당동 예술인마을에 거주하던 서정주 시인을 찾아뵌 기억이 새삼스럽다. 원구식 시인을 따라서 신년인사를 드리기 위하여 '봉산산방'이라는 별호가 붙은 2층 벽돌집을 찾았을 때, 예상했던 대로 현관에는 수많은 문객들의 신발이 어지럽게 놓여 있었다. 그런데 2층으로 올라가는 계단 아래 지친 행색으로 앉아있는 노파의 모습이 내 시선을 끌었는데 나중에야 그곳에 그분이 그렇게 앉아계신 까닭을 알아차릴 수가 있었다. 미당의 서재로 들어가 세배를 올리고 선생이 자리한 앉은뱅이책상 주변의 많은 방문객들 틈을 비집고 앉으니 미당은 대뜸 책상 위에 놓여 있던 손잡이가 달린 종을 흔들기 시작했다. 그러자 잠시 후에 아까 보았던 노파가 캔맥주가 담긴 쟁반을 들고 서재로 들어섰다. 바로 그 노파가 서정주 시인의 사모님이었으며 두 분은 그렇게 종소리로 의사소통을 한다는 것이었다. 미당의 주된 침거 공간인 2층과 미당 아내의 활동공간인 1층을 잇는 연락병이 목소리도 초인종도 아닌 종소리라는 사실이 한편으로는 기발하면서도 쓸쓸하게 느껴지는 순간이었다.

그 무렵 미당과 관련해서 화제가 되었던 일화는 바로 전 해에 펴냈던 시집 『산시』가 치매를 예방하기 위하여 아침마다 세계의 산이름들을 암송하던 습관의 결실이라는 사실이었다. 치기가 많은 후배 시인이 미당에게 인사를 드리려고 찾은 자리에서 시범 삼아 직접 암송을 해주십사고 청을 넣었다가 치도곤을 맞았다는 소문이 나중에 떠돌기도 했었다. 미당은 사당동 예술인마을에서의 종소리 일상을 8년 동안 더 누리다가 2000년도 가을에 아내를 먼저 이승으로 보내고 그해 크리스마스이브에 85세로 생을 마감했다. 아내를 먼저 저승으로 떠나보내고 홀로 남은 이승에서의 2개월 동안 거의 곡기를 끊은 채 통음으로 저승에서의 재회를 기약한 미당의 마지막 모습에서 종소리 소통방식이 정겨움의 표현이었다는 사실을 읽어낼 수가 있었다.

점퍼 시인과 트렌치코트 기자

― 황학주와 김훈

자주색 점퍼의 시인

그 시인을 처음 만난 곳은 인사동의 작은 화랑이었다. 1988년의 늦가을 무렵, 점퍼를 입기에는 다소 쌀쌀한 저녁 날씨에 자주색 점퍼를 입은 내 또래의 시인을 정진규 선생이 소개해주었다. 정진규 시인의 딸 설치미술 전시회가 오픈하는 날이었다. 햇볕에 그을린 듯한 얼굴색에 수려하지만, 어딘가 쓸쓸해 보이는 모습의 그는 놀랍게도 내가 오랫동안 거주해온 방학동 부근에 살고 있었다. 황학주라는 이름, 훗날 시인 최승호는 그 이름에 대하여 누런 학 날개를 기둥처럼 펼치고 있는 기가 센 이름이라고 풀어낸 적이 있는데, 그런 이름값은 우리나라 산하의 아름다운 곳곳에 거처할 기둥을 손수 세워놓은 팔자로 입증되기도 했다. 그는 바로 전 해에 『사람』이라는 시집을 청하출판사에서 발간하며 문단에 진입한 독특한 이력을 간직하고 있었다. 대개는 신춘문예나 문예지를 통해서 등단하는 절차를 거치게 마련인데, 시집 발간이라는 특수한 등단 절차를 제공한 장본인은 당시에 청하출판사의 대표이며 시인이며 문학평론가로 분주한 나날을 보내고 있던 장석주였다. 장석주가 황학주의 시적 재능을 예외적인 등단방식으로 발굴한 셈이었다.

시집 『사람』이 출간되자마자 그는 곧바로 문단의 주목을 받았다. 시집에 눌러 담은 어둡고 쓸쓸한 생의 현실과 그런 삶을 간신히 목울대 너머로 삼켜내는 팍팍한 문체를 누구보다도 호감으로 끌어안은 문단의 인사는 바로 트렌치코트를 즐겨 입는 한국일보 기자였다. 그는 문화부 기자였으나 문단에 속한 어느 문학인보다 문학 독자나 문청의 아낌없는 찬사를 받으며 문학적 역량과 문단적 영향력을 과시하는 인물이기도 했다. 그가 격주로 한국일보 문화면을 가득 차지하며 연재해온 〈문학기행〉이 바로 그런 역량과 영향력을 입증하는 보증수표였다.

베이지색 트렌치코트의 기자

그 기자를 처음으로 만난 곳은 충무로 부근의 아스토리아 호텔 커피숍이었다. 황학주 시인을 처음으로 만나기 한 달 전쯤이었다. 남산에 자리 잡은 서울예전 문예창작과 강의를 나갔다가 오규원 교수의 소개로 짧은 스포츠머리에 베이지색 트렌치코트를 입고 나타난 그 기자와 처음으로 인사를 나누었는데, 헤어스타일과 트렌치 코트가 어울리지 않는다는 느낌을 받았으나 저음의 목소리와 부리부리한 눈매는 선명한 인상을 부각하기에 충분했다. 그때까지도 김훈이라는 이름을 가진 그가 내 모교인 고려대학교 영문과의 선배였다는 사실조차 나는 모르고 있었다. 그러한 나의 무지는 문단 진출이 드물었던 고대 영문과 인맥에 무심했던 탓이었으나, 그가 학업을 마치지 않았다는 사실 또한 나의 무지에 일조했을 터였다. 그는 어려운 가정 형편 탓에 대학을 졸업하기도 전에 취업해야만 했었고, 그 무렵 한국일보는 대한민국 언론사 중에서 유일하게 기자 취업 자격으로 대학졸업장을 요구하지 않는 파격의 전통을 고수하고 있었다.

김훈은 나의 선배였으나 처음에는 그다지 곁을 내주지 않았다. 그와 가까워진 계기는 황학주와 어울리면서 마련되었다. 그는 유난히 황학주를 챙겼으며 황학주와 가까워진 덕택에 나도 김훈의 일족으로 편입된 느낌을 받았다. 그 무렵 김훈은 불광동에 살았는데 우리 세 사람의 어울림은 인사동에서 연신내에 이르는 궤적 속에서 주로 마련되었다. 때로는 그 궤적이 글쓰기의 흔적을 남기기도 해서 1990년 가을에 펴낸 황학주의 세 번째 시집 『갈 수 없는 쓸쓸함』 말미에는 〈좌담 해설〉이라는 독특한 형식으로 세 사람이 함께 황학주 시세계에 대한 생각과 느낌을 토로한 지면이 마련되기도 했다.

독락당 시인과 함석지붕 빗소리

같은 동네에 살다 보니 황학주와는 어울릴 기회가 잦았고 노원구 상계동 인근에 거주하는 문인들과도 접촉할 자리가 마련되었는데, 가장 자주 어울린 시인이 『산정묘지』의 시인 조정권이었다. 1970년대에 등단하였으나 시단에 별다른 존재감을 드러내지 않다가 1990년대 초반에 홀연히 시집 『산정묘지』를 출간하면서 빛나는 평가를 온전하게 누린 그는 우리보다 대여섯 살 위의 연배였다.

문예진흥원(현재는 문학예술위원회) 부장으로 근무하던 조정권은 문인들을 가려서 만나는 태도를 견지하고 있었다. 『산정묘지』에 수록된 「독락당(獨樂堂)」이라는 시편에서 "벼랑 끝에 은거하며 내려오는 길을 부숴버린 이"라는 구절을 상기하며 나는 내심으로 그에게 '독락당'이라는 별칭을 붙여보기도 했다. 내성적인 성품 탓이었는지, 혹은 업무상 문화예술인들과 많은 교류를 해야만 하는 일상에 지친 탓이었는지 그는 칩거하며 바그너의 오페라 〈신들의 황혼〉이나 말러의 교향곡 〈부활〉 같은 고전음악에 몰입하는 습관을 견지하기도 했다. 그는 스스로 『산정묘지』의 작업이 그런 고전음악 탐닉의 결실이라는 고백도 들려준 바 있었다.

조정권의 거처인 상계동 한양아파트에는 나와 황학주를 비롯하여 인근에 사는 문학평론가 겸 시인인 남진우 등이 고가의 음향기기가 빚어내는 고전음악의 향연에 초대를 받곤 했었다. 우리는 때로 상계동 부근의 수락산을 오르거나 노원역 부근 실내포차에서 술

잔을 기울이기도 했다.

　내가 황학주의 기이한 술버릇을 처음으로 목도한 것도 1989년 가을 무렵의 노원역 인근 실내포차에서였다. 허름한 술청에 들어서기 전부터 추적추적 내리던 비는 우리가 자리를 잡고 술을 마시기 시작하면서 제법 거센 빗줄기로 강화되었다. 문제는 마당을 함석으로 가려놓은 천장에 내리꽂히는 가열한 빗소리였다. 대화를 가로막을 정도로 귀청을 후려치는 빗소리를 의식하며 세 사람은 잠시 침묵을 지키고 있었다. 그러다가 황학주가 화장실을 다녀올 듯 자리에서 일어서는 기척을 보였다. 빗소리가 조금 낮아지는 낌새를 보이자 나는 조정권의 이야기에 귀를 기울이느라고 황학주가 돌아오지 않는다는 사실을 알아차리지 못했다. 내가 황학주의 부재를 알아차린 것은 아마도 그가 자리를 일어선 지 이삼십 여분은 지나서였을 것이다. 별다른 소지품도 없던 탓에 그냥 취기가 불편해서 먼저 술자리를 파해버린 것으로 이해할 수도 있었다. 그렇게 비만 내리지 않았더라면 나는 그를 찾아 나서지 않았을 것이다.

　조정권에게 양해를 구한 나는 우산을 챙기고 술집을 나서 일대의 골목을 뒤적였다. 술집이 들어선 골목은 재개발지역이라 좁고 구불구불했으며 누추했다. 그리고 몇 골목을 돌아선 막다른 집 모퉁이에서 온몸으로 비를 맞으며 고개를 숙이고 서 있는 그를 발견할 수가 있었다. 나는 매우 놀라서 그에게로 달려가 우산을 씌어주었다. 그는 우산을 달가워하지 않으면서 이따금 "우어, 우어!"하는 소리를 내지를 뿐 별다른 기색도 없이 하염없이 비를 맞으며 서 있기만 했다. 나는 처음에는 당혹스러웠으나 점점 그 분위기에 휩싸이는 느낌을 받았다.

 - 아, 이 친구는 비에 흘리는 버릇을 갖고 있고나.

나는 이후로도 그와 가진 술자리에서 비가 내리면 홀연히 사라져버리는 그의 버릇을 본 적이 많았으며, 차츰 그런 행동을 방치하게 되었다. 그의 빗속으로 투신하는 술버릇은 어쩌면 자신의 생으로 엄습해오는 쓸쓸함이나 그리움과 간절하게 부딪치며 놀아나는 몸부림이 아니었을까 싶다.

강진 초가집 별채와 김훈의 봉투

1990년대 초반에 내 친구 황학주는 서울 생활을 접어버리고 전남 강진으로 내려갔다. 다산의 유배지였던 강진이 그에게도 마음의 칩거를 요청하는 현실이었으나 평생 바다풍경을 곁에 두고 살아가는 운명이었던 그에게 강진은 새로운 삶의 부표이자 이정표와도 같았다. 강진 대구면 바닷가에 스러져가는 초가집을 사들여 고쳐낸 일은 그가 또 다른 평생의 운명으로 맞이해야만 했던 집짓기의 시발점이기도 했다. 초가집을 개축하고 돌담장을 쌓고 마당에 나무를 심는 일로 그의 목과 허리는 일찌감치 꺾어지거나 휘어져 버렸다.

1992년 겨울에 내가 그곳을 찾았을 때 황학주는 우편엽서 같은 사진을 내밀었다. 일면식조차 없던 사진작가가 그의 집 앞을 지나다가 초가집의 아름다운 품으로 눈이 휘날리는 풍경을 카메라 렌즈에 담아내 우편으로 부쳐준 것이었다. 두 칸짜리 초가집의 한 칸은 별채처럼 새로 지어낸 방이었는데 황학주는 그것을 "김훈의 처소"라고 일러주었다. 강진으로 내려오는 황학주를 근심하며 물심으로 도움을 제공한 김훈에게 지상의 방 한 칸을 지어내는 것으로 보답을 해내고 싶었던 듯했다.

1994년 봄이 되자 나는 몇 개월 동안 박사학위 논문 초고라도 쓸 요량으로 황학주의 초가집에 내려갈 작정을 했다. 그리고 강진에서 한동안 체류할 예정임을 전화로 밝히자 김훈은 서소문에 자리 잡은 그의 일터로 찾아오라고 했다. 그때 김훈은 한국일보를 사퇴하고 〈TV저널〉이라는 주간지의 편집책임자로 복무하고 있었다. 그는 사무실 부근의 찻집에서 기다리던 나를 보자마자 흰 봉투를 불쑥 내밀었다.

– 학주 데리고 마량에 가서 회 사 먹어라. 그다지 알려지지 않은 작은 포구지만 회 맛은 유명한 곳이니.

마량은 강진의 최남단에 위치한 청정해역을 품은 아름다운 항구였으나 그 무렵에는 주로 낚시꾼들에게나 알려진 곳이었다. 김훈은 그 밖에도 강진 부근에서 눈요기할 만한 유적지들을 일러주며 쪽지에 적으라고 했다. 당시로는 적지 않은 30만 원이라는 봉투 속의 현금과 함께 건네지는 배려가 뭉클하기만 했다. 그리고는 한 번이던가 주말에 김훈도 강진으로 내려와 황학주가 명명해놓은 처소에서 하룻밤을 묵었다. 초가집 마당에는 황학주가 부실한 허리로 지어놓은 정자가 강진만의 적요하면서도 은빛으로 눈부신 봄 바다를 열어 보였는데, 맞은편 주작산의 흰 바위 능선이 아른거리는 자리에서 우리는 찬이 부실한 늦은 아침을 나눴다.

김훈이 서울로 올라간 후에 나는 30만 원어치 발품 삯을 털어 내느라고 내 공부를 들여다보지 못했다. 학위 논문은 연기되었으며 끝내 폐기되고 말았다. 황학주는 초가집 안쪽으로 좀 더 너른 땅을 사들이고 광주에서 눈에 찍어두었던 한옥 자재들을 실어 나른 후에 번듯한 기와집을 추가로 지어놓았다. 그만큼 그의 어깨와 허리도 부실해졌다. 몇 년 후에 황학주는 강진을 떠났으나 그 초가집과 기와집은 대구면의 명소로 온전하게 자리를 잡았다. 황학주는 그 후에도 고흥과 제주도를 넘나들며 이 땅의 바닷가 여러 곳에 아름다운 집을 지어내며 무너지는 몸을 보상받을 만한 마음의 처소를 마련해나가는 운명을 맞이하였다.

뒤바뀐 평론집과 쑥대머리 시인의 죽음

'쇄(刷)'가 아니라 '판(版)'이어서 사고였다. '쇄'가 바뀌면 펴낸 책이 잘 팔려서 새로 찍어내는 상황이니 반가울 일이었다. 그런데 문학평론집을 펴내자마자 내용이 잘못 인쇄되어 '판'을 바꾸게 된 것이다, 그것도 두 권의 평론집을 동시에. 아마도 문단 역사상 전무후무한 해프닝으로 기록될 만한 사건이었을 것이다. 1992년 민음사 사장실에서 벌어진 일이었다.

문단에 진출한 지 4년 만에 첫 평론집을 펴내게 되었다. 민음사 편집부에서 평론집이 출간되었다는 연락을 받았다. 반가운 마음에 한걸음으로 민음사에 달려갔다. 마침 『세계의문학』 편집위원인 친구 이남호가 민음사에 나와 있던 터라 나를 사장실로 안내했다. 박맹호 사장이 축하한다며 손을 내밀었는데 사고를 축하한 셈이 되고 말았다.

잠시 후에 연극인이자 시인이며 문학평론가이기도 한 이윤택이 사장실로 들어섰다. 그때까지 나는 이윤택과 내 평론집이 동시에 민음사에서 발간된다는 사실을 모르고 있었다. 곧 두 권의 '따끈따끈한' 평론집이 탁자 위에 놓였고 이윤택과 나는 각자의 책을 살펴보기 시작했다.

— 어, 이게 뭐야!

이윤택이 눈을 치켜뜨면서 자신의 평론집을 내려놓더니 내 평론집을 보여 달라는 눈짓을 보냈다. 아무런 영문도 모른 채 내 책을 건네자 그는 서둘러 평론집의 중간 부분을 펼치고는 마치 범인을 색출하는 수사관의 몸짓과 말투를 연출해 보였다.

— 내용이 서로 바뀌었네요, 출판 사고야.

이윤택의 선언에 당혹스러워하던 박맹호 사장의 눈빛과 표정이 아직도 선연하다. 그 무렵에는 나도 어림하고 있었다. 문예지를 발간하는 문학출판사에서 문학평론집이란 대부분 문단의 인맥을 관리하기 위한 필자 서비스요, 출판사 입장에서는 천덕꾸러기에 불과하다는 사실을. 그런데 그런 천덕꾸러기가 탈이 나서 다시 찍어내야만 하는 사태가 발생한 것이었다. 그것도 두 권씩이나. 졸지에 나와 이윤택은 평론집을 받아들자마자 재판을 발간해내는 놀라운 실적(?)을 민음사에 안겨주게 된 것이었다. 박맹호 사장은 수백만 원의 추가비용을 지불하고 우리 두 사람에게 새로 찍어낸 평론집을 쓰린 마음으로 안겨주어야만 했다.

그렇게 만들어진 첫 평론집으로 인사동의 지금은 사라져버린 "안동국시"라는 한옥 음식점에서 출간기념회라는 것을 마련하게 되었다. 열댓 명 남짓한 또래 문우들을 초대하여 마련한 술자리에 느닷없이 인사동을 배회하던 문인들이 끼어드는 바람에 술자리 규모는 두 배로 확장되고 말았는데, 그중에는 이미 술이 거나해진 황지우도 포함되어 있었다.

고등학교 3학년 시절 짧은 시간 나의 가정교사였던 인연을 맺은 이후로 몇 차례의 기이한 만남을 이어간 황지우는 또 다른 우연으로 내 출판기념회에 참석해주었던 바, 나는 처음으로 황지우의 노래 솜씨를 확인할 수가 있었다. 술김 탓이었던지 주변의 요청을 마다하지 않고 서슴없이 자리에서 일어난 황지우는 듬직한 체격에 전혀 어울리지 않을 법한 대중가요를 불러서 좌중을 압도해버리는 필살기를 과시하였다. 1980년대 중반에 명혜원이라는 여성가수가 부른 〈청량리 블루스〉라는 노래는 끈적끈적하면서 허스키한 음색으로 난이도가 만만치 않은 고음의 멜로디와 그루브를 과시하는 곡이었는데, 황지우는 간드러진 목청에 몸까지 비틀어 보이는 열정으로 그 노래의 분위기를 완벽하게 되살려내었던 것이다. 그 바람에 황지우는 졸지에 문단의 명가수로 부각되었다. 그때까지 구석자리에 웅크리고 있던 한 여성시인의 노래가 시작되기 전까지는.

황지우와 거의 동년배였음에도 바로 전 해인 1991년 가을에 문예지 『작가세계』로 등단한 이연주가 바로 조금 전에 화려하게 밀려든 장강의 앞 물결을 밀어내버린 뒷물결의 장본인이었다. 직업이 간호사인 이연주는 오래전에 문단에서 별로 인정을 받지 못하는 문예지로 등단하였으나, 시인으로서의 보람을 기약하기가 어려워

지자 뒤늦게 '재등단'이라는 고육지책을 선택하였다. 그 선택이 신의 한수로 적중하여 이연주는 1990년대 한국시문학사의 독특한 활로를 열어놓는 첫 시집을 재등단 후, 이삼 개월 만에 〈세계사〉에서 펴내게 되는데 그것이 바로 『매음녀가 있는 밤의 시장』이었다. 그런데 부패와 절망과 죽음의 지옥을 자화상의 풍경으로 너무도 선연하게 그려낸 그 시집이, 문단의 주목을 받기도 전에 이연주는 스스로 유명을 달리하고 말았다.

이연주가 첫 시집을 펴내고 얼마 지나지 않은 시기에 마련된 나의 출판기념회에서 부른 노래는 〈쑥대머리〉였다. 판소리 〈춘향가〉에서 춘향이 옥에 갇힌 채로 죽음을 예감하며 한양으로 떠난 이몽룡을 그리워하며 부른 그 노래를 이연주는 대중가요 풍으로 부르지 않았다. 취중의 문인들 정신을 번쩍 깨어나게 만들어버린 노래의 창법은 우리민족의 고유한 정서라고 하는 '한(恨)'을 다독여 풀어내는 '서편제'의 것도 아니었으며 그야말로 슬픔을 우렁찬 에너지로 뿜어내는 판소리 목청이었다. 그것을 '동편제'의 창법이라고 규정해 버릴 수 있을까? 어쨌거나 좌중의 문인들은 그 목청의 주인공을 반은 놀라는 듯한, 그리고 반은 질려버린 듯한 표정으로 응시하게 되었다. 절망과 분노를 함께 담아낸 그 강렬한 목청은 마치 예감처럼 그 해를 채 보내기도 전에 비극의 사건으로 자신의 생을 폭발시키고 말았다.

내가 그 전화를 받은 것은 1992년도가 저물어갈 무렵이었다. 이연주보다 한 해 먼저 『작가세계』로 등단하고 나이도 엇비슷해서 이연주와 친분이 두터웠던 김상미 시인이었다. 평소보다 유난히 가라앉은 음색으로 들려준 소식은 내 머릿속을 강력하게 휘저어 놓았다. 얼마 전까지도 얼굴을 마주했던 이연주 시인이 세상을 떠났는데 그것도 스스로 목숨을 끊었다니. 김상미는 장례를 치르는 발인 날에 문인들끼리 추모 영결식을 갖기로 했다는 사실을 알려주며 내게 사회를 부탁했다. 정신없이 전화기를 내려놓고 이연주와 만났던 여러 차례의 기억을 곰곰이 돌이켜보았으나 어디에서도 죽음의 그늘을 찾아내기는 어려웠다.

추모식을 거행하는 날에 전해 들은 소식은 더욱 기가 막힌 것이었다. 후배가 이연주 집을 찾아와 밤늦도록 함께 술을 마시다가 취기가 오른 후배가 먼저 잠이 들었다고 했다. 그리고 이른 아침에 눈을 뜬 후배는 곁에 이연주가 보이지 않자 방으로 들어가서 자겠거니 생각했다고 한다. 그리고 좀 더 시간이 경과한 후에 방안의 기척이 없어서 노크를 했다고 한다. 방문은 잠겨 있었고, 문득 불안한 예감에 사로잡힌 후배는 마당으로 나가서 방 창문 쪽으로 다가섰다가 끔찍한 형상을 바라보고 주저앉아버렸다고 했다. 허공에 매달린 시신을 목격해버렸던 것이다. 그런 상황을 내게 알려주던 시인은 "그 후배 주량이 이연주보다 조금만 더 많았더라면……"이라며 긴 탄식을 내뱉었다.

벽제 화장터까지 동행하는 우리의 발걸음은 어느 때보다 무겁고 더디기만 했다. 이연주는 유서를 남겼고 북한강에 유골을 뿌려달라는 그녀의 유언을 따르는 길에 나는 동참할 수가 없었다. 죽어서라도 북한강을 거슬러 올라가 이연주가 만나고 싶었던 사람이 있을 것이라는 귀띔 때문이었다. 나와도 친분이 두터웠던, 하지만 장례식장에 모습을 드러낼 수 없었던 그 시인의 모습이 자꾸 떠올라서였다.

그로부터 다시 삼사 개월이 지나고 1993년 3월에 이연주의 유고시집인 『속죄양, 유다』가 발간되었으며 시집의 해설을 맡은 나는 "누가 와서 내 집 문을 두드린다"(「우렁달팽이의 꿈」)라는 시행을 주목하며 "그녀는 '문을 두드린다'는 기미를 새로운 삶의 기대감으로 심어놓고 싶었지만, 결국 그녀 삶의 문을 두드린 손님은 죽음이 되고 만 셈"이라고 풀어놓았다. 하지만 이연주의 기대감은 죽음을 예감하면서도 이몽룡에 대한 사랑을 확인하려는 춘향의 '쑥대머리' 같은 것이었을 듯하다.

해체시와 쇠죽가마의 혈투, 그리고 김종삼

— 코피가 터져서 살았네요.

응급실 의사가 그렇게 진단을 내렸다고 했다. 머릿속 내출혈이 아니라 머리 밖 외출혈이 되는 바람에 구사일생의 장본인이 되었다는 것이었다. 사지를 축 늘어뜨린 채로 동석했던 시인의 등에 업혀서, 당시에는 혜화동 로터리에 자리 잡았던 고려대학교 병원 응급실로 옮겨진 김영승 시인은 그렇게 격렬한 생의 고비를 넘어서고 있었다.

그로부터 며칠 후 어느 일간지의 문화면에는 문인 폭력사건의 전말이 대서특필되었으며, 1990년대 초반에 벌어진 '쇠죽가마의 혈투'는 문단뿐만 아니라 세상에 널리 회자되었다. 그런데 사회면이 아니라 문화면이라니, 그런 시절이었다. 문화예술계의 웬만한 사건사고가 기담이나 미담으로 둔갑하거나 사적인 고소고발은 좀처럼 성립이 되지 않던 오랜 관행 탓이었다. 맥주병으로 머리를 가격한 폭력사건의 가해자는 선배 시인인 박남철이었는데, 두 사람 사이의 악연은 몇 년의 세월을 관통하고 있었다. 그 모든 악연이 1980년대의 시단을 휩쓸었던 '해체시'의 영향이라고 판단할 수도 있었다.

박남철은 1980년대 전반기에 개화한 해체시의 1세대 대표주자였다. 서구의 후기구조주의를 특징짓는 철학적 개념인 '해체'라는 용어는, 뜬금없이 어색한 옷을 걸쳐 입은 한국시학사의 명칭으로 둔갑하여, 정치적인 억압이 가장 혹독했던 시대를 우회적으로 풍자하는 효과를 발휘하며 시단과 독자들의 관심을 이끌어냈다. 그런데 황지우, 이성복과 함께 늘 해체시의 선발주자로 거론되었던 박남철은 유감스럽게도 본인이 기대했던 만큼의 시적 성과를 인정받지 못해서인지 늘 불만스런 언행으로 문단을 들썩이게 했다. 그는 선후배를 가리지 않고 심야에 불쑥 전화를 넣어서 답변하기 난처한 질문을 던지거나 얼토당토않은 이유를 들먹이며 시비를 걸곤해서 문단의 기피인물 1호로 낙인이 찍혀버린 '만행(蠻行)'의 시인이었다. 그는 마치 "내 시에 대하여 의아해하는 구시대의 독자 놈들에게→차렷, 열중 쉬엇, 차렷"(「독자놈들 길들이기」, 『지상의 인간』)하며 얼차려를 시키듯이 동료 시인들은 물론이거니와 선후배 시인들까지 괴롭혀댔다.

그런 얼차려의 사정권에 김영승이 들어선 것은 1980년대 후반에 「반성」이라는 연작시를 발표하며 그가 1980년대 후반기 해체시의 대표주자로 주목을 받으면서부터였다. 요설은 물론이거니와 과감한 욕설까지 마다하지 않는 어법으로 현실을 풍자하는 김영승의 시적 표현은 박남철의 시적 개성과 공통점을 간직하고 있었다. 바로 그 점이 박남철의 신경을 곤두서게 한 듯하다. 어쩌면 박남철은 자신이 개척해놓은 시의 영역을 후배 시인이 기웃거리며 잠식해 들어온다고 판단했을지도 모른다.

박남철은 일찍이 자신과 같은 이름으로 등단한 강릉 출신의 동갑내기이면서 문단 후배이기도 했던 시인에게 전화를 넣어 다짜고짜로 필명을 바꾸라고 으름장을 넣어서 관철했던 전력을 갖고 있었다. 그 바람에 박남철이 본명이었던 그 강릉 시인은 졸지에 박세현이라는 필명을 선보이게 되었다. 박남철은 김영승에게도 비록 이름은 상이하나 시세계는 공통점이 많으니 텃세 같은 선배 시인의 대접을 요구했을 법하다. 문제는 김영승이 그다지 고분고분한 자세로 박남철의 막무가내식 선배 대접을 수락하지 않은 점이다. 철학을 전공한 영향 탓인지 현학적인 어휘를 동원해가며 오연한 자세로 되받아치는 김영승의 반박은 여지없이 박남철의 부아를 돋우었으니, 그로부터 두 시인의 악연은 오랫동안 지속되었다. 그 악연은 대체로는 전화 통화 수준으로 정리될 때가 많았으나, 때로는 함께 참석한 문단의 모임에서 팽팽한 기 싸움으로 전개되어 좌중의 문인들을 긴장하게 만들 때도 있었다. 혜화동 로터리에 자리 잡은 카페 쇠죽가마의 혈투는 그런 기 싸움이 알코올의 상승효과로 절정에 이른 사건이었다.

혈투의 장소가 혜화동이라는 점도 이채롭긴 했다. 1980년대까지 문학인들을 비롯한 예술계 인사들의 모임이나 뒤풀이는 대체로 인사동이나 광화문 인근에서 이루어지는 것이 관례였다. 그런데 1990년대로 접어들면서 젊은 예술가들을 주축으로 동숭동 부근에서 모임을 하는 일이 잦아지기 시작했다. 동숭동이 문화의 거리로 지정이 되고 많은 문화 소공간들이 탄생하면서 생겨난 부수적 효과였을 것이다. 젊은 문인들이 자주 모임을 하는 동숭동의 '겨울-나무로부터 봄-나무에로'와 혜화동 로터리의 '쇠죽가마'라는 카페도 그런 소공간들 중의 하나였다.

쇠죽가마는 출가했다가 환속한 스님 출신 시인인 박중식이 길음동 시장골목에 처음으로 마련했던 '함부르크'라는 작은 카페가 확장된 성공사례였다. 길음시장은 박중식에게 시창작의 이정표를 마련해준 원로시인과의 인연이 비롯된 곳이기도 했었다. 길음시장에서 마주친 김종삼의 불우와 주취와 여백이 넓은 시세계는 '만행(萬行)'을 즐기지 않아서 환속해버린 스님 시인에게 압도적인 영향력을 행사했다. 김종삼 시인이 작고하자 그는 부지런히 발품을 팔아서 경기도 포천 인근에 그 당시로는 흔하지 않던, 제대로 모양을 갖춘 김종삼 시비를 건립하는 일에 혼신의 노력을 경주했으며, 마치 신전을 차리듯 카페 쇠죽가마의 한쪽 벽에는 김종삼의 시작품을 대형의 시화로 표구해서 걸어놓고, 액자 모퉁이에는 김종삼으로부터 하사받은 벙거지 모자를 걸어놓았다.

김종삼의 신전이 차려진 그 자리가 카페 쇠죽가마의 로열박스였는데 바로 그곳에서 박남철과 김영승의 혈투가 벌어졌던 것이다.

맥주병으로 저지른 박남철의 만행을 내려다보는 자리에 걸려있던 김종삼의 작품은 「민간인」이었다. "1947년 봄/ 심야/ 황해도 해주의 바다/ 이남과 이북의 경계선 용당포", 월남하던 가족의 "울음을 터뜨린 한 영아(嬰兒)를 삼킨 곳"의 "수심(水心)을 모른다"라고 탄식한 황해도 출신 실향민 김종삼은 마치 깊이를 헤아릴 수 없는 용당포의 슬픔과 절망을 견디기 위한 듯한 '기행(奇行)'을 저지르고 다녔다. 모처럼 어린 딸을 따라간 소풍 길에서 외딴곳으로 들어가 가슴 위에 돌을 얹어놓고 누워있던 김종삼. 사라진 아버지를 찾아 나선 딸이 납득할 수 없는 그의 자태를 궁금해하자 "몸이 하늘로 날아올라 갈 것 같아서"라며 주절거렸던 김종삼. 가슴에 얹었던 그 돌은 분단이 초래한 용당포의 수심 모를 절망과 슬픔의 분신이었을까? 고향에 대한 상실감과 삶의 고독과 가난을 음악과 자신의 몸을 짓누르는 돌멩이의 '기행'으로 감당해냈던 그는 자신의 신전 밑에서 남의 몸을 가격하는 후배 시인의 맥주병 '만행'을 어떻게 받아들였을까? 유감스럽게도 만행의 현장이었던 카페 쇠죽가마는 그로부터 얼마 후에 화재가 나서 해체되어 버렸으며, 박남철은 김종삼보다 두 살 아래인 61세의 나이에 세상을 등지고 말았다.

조세희의 하얀 저고리 유감

  - 이경호 씨, 나, 소설 계약한 거 못 하겠어.

  1990년대 말에 『머나먼 쏭바강』의 작가 박영한이 뜬금없이 전화
를 걸어 던져버린 폭탄선언이었다. 박영한과의 신작 장편소설 계
약은 세계사 전임 주간이었던 최승호가 재직하던 시기에 마련된 일
이었다. 박영한의 어조는 거침이 없었다. 평소 그의 언행을 판단해
보면 거절의 배후에 곤혹스런 심정이 깔려있는 상황을 어림할 수도
있었다. 그런데 나는 착잡하게도 다른 이유 쪽으로 쏠리는 추측을
억제하기가 어려웠다. 그것이 1990년대의 출판계 풍토가 만들어낸
부작용이라는 사실을.

  88올림픽을 전후해서 대한민국 문화계 전반에는 출판물을 주축
으로 홍보와 광고 열풍이 불어 닥쳤다. 대기업은 물론이고 중소기
업마저도 사보를 제작하고 신문과 잡지의 지면은 크게 확장되었는
데 늘어난 지면을 채우는 광고도 증가했다. 홍보와 광고의 열풍은

문학출판계에도 커다란 영향을 미쳤으니 이른바 "전업 작가"를 양산해낸 결과가 그것이었다. 이전에는 글쓰기만으로 생계유지가 어려워 극소수의 인기 필자를 제외하면 대부분의 문인들은 별도의 직업을 마련한 상태로 글을 쓰는 것이 상례였다. 그런데 출판물이 대폭 확장되면서 많은 작가들이 과감하게 직업을 포기하고 글쓰기에만 전념하는 현상이 마련된 것이었다. 1990년대에 들어서면서 문예지도 많이 창간되었으나 무엇보다도 작가들을 전업의 모험 속으로 뛰어들도록 부추긴 결정적인 계기는 기업체 사보와 크게 늘어난 출판사들이었다. 문예지 원고료의 몇 배인 기업체 사보에 에세이나 콩트를 쓰고 문학출판에 경쟁적으로 나서는 신생출판사에 '전작 장편소설'을 계약하고 선금을 챙기면 생계비의 돌파구가 마련될 수 있었던 것이다. 전작 장편소설이란 다른 지면에 연재하거나 나누어 발표하지 않고 한꺼번에 완성한 작품을 해당 출판사에서 출간하는 관행이었는데 1990년대부터 크게 활성화된 장편소설 출간 방식이었다.

1990년대 후반에 세계사 주간으로 부임하고 계약서 장부를 뒤적여보니 이삼백만 원의 계약금이 지급된 작가들의 명단이 열 명을 넘어서고 있었다. 박영한도 그중의 한 사람이었다. 문제는 계약이 파기될 때 이미 지급된 계약금이 회수되지 않는 경우가 비일비재하다는 점이었다. 계약서가 작성되기는 했으나 그것은 껍데기에 불과할 뿐 대부분의 계약은 묵시적인 신용이나 관행으로 처리될 때가 많았는데 사실상 계약의 주도권을 장악한 쪽은 출판사가 아니라

지명도를 확보한 작가일 때가 많았다. 그렇게 하여 박영한과의 계약은 계약금만 날리고 흐지부지한 상태로 종결되고 말았다. 내가 출판사 사장의 지시와 집착으로 몰입해야만 했던 대상이 따로 있었기 때문이기도 했다. 그 대상이 바로 조세희였다.

조세희의 경우도 전임 주간인 최승호가 장편소설 계약 건을 마련해 놓은 상태였다. 조세희의 신작 장편소설이라면 그야말로 문단 안팎에서 초미의 관심을 쏟아낼 수밖에 없는 대박 상품이었다. 그는 아직 본격적인 장편소설을 선보인 적이 없었으며 『난장이가 쏘아올린 작은 공』이라는 연작소설만으로 최고의 작가라는 평가를 받으면서 최대의 베스트셀러를 생산해낸 화제의 중심인물이기도 했다. 그 무렵을 전후하여 유력한 일간지에서 문학계 전문가들에게 설문을 돌린 결과 해방 이후에 발표된 소설들 중에서 단연코 최고의 작품으로 선정된 것이 바로 『난장이가 쏘아올린 작은 공』이기도 했다. 만약에 세계사에서 조세희의 신작이자 유일한 장편소설을 펴내기만 한다면 그야말로 문학출판의 명예와 경제적 성과라는 두 마리 토끼를 한꺼번에 포획하는 성과를 누리는 셈이었다. 그 장편소설의 제목은 『하얀 저고리』였다.

『하얀 저고리』는 1980년대 후반기에 전반부 내용이 종합월간지에 연재되다가 중단된 작품이었다. 세계사가 펴내는 계간문예지 『작가세계』에 원고를 다듬어서 새로 연재하고 단행본을 펴내기로 계약을 진행하면서 조세희는 세계사 사장으로부터 꽤나 많은 액수의 계약금과 생활 보조금을 받기도 했었다. 그리고 1990년대 초반에 두어 차례에 걸쳐서 상당한 분량의 수정된 원고가 분재되기까지 했었다. 문제는 그 후로 연재가 멈추어지고 작품은 더 이상 진척이 없는 상태가 되어버린 점이었다. 그리고 최승호 주간이 세계사를 떠나고 황현산 주간을 맞이하는 동안에도 조세희의 『하얀 저고리』는 진행이 되지 않았으며 마침내 1998년에 새로운 주간으로 내가 부임하면서 떠맡은 최고의 지상과제가 바로 그 작품을 완성해 출간하는 일이 되어버렸다.

그로부터 해마다 설날과 추석을 맞이할 즈음이 되면 세계사 사장과 함께 조세희의 집이나 작업실을 방문하는 일이 의례적인 절차가 되어버렸다. 명절 인사는 점점 기약하기 어려워지는 장편소설 집필을 환기해주고 압박하는 실낱같은 방편이었다. 조세희는 그런 우리의 인사치레를 크게 부담스러워했는데 설상가상으로 그의 건강 상태도 좋은 편이 아니었다. 하지만 그의 작업실을 찾을 때마다 우리는 벽과 책상에 빼곡하니 들어찬 창작 메모지들을 보면서, 그가 『하얀 저고리』에 얼마나 혼신의 노력을 경주하는지를 실감할 수가 있었다.

가장 큰 문제는 그가 바로 '문체의 작가'라는 점이었다. 일찍이 『난장이가 쏘아올린 작은 공』에 대한 평가에서 무엇보다도 평론가들의 압도적인 지지를 이끌어낸 것은 산업사회의 불평등이나 정치적 억압이라는 주제의식과 서사를 감당해내는 정련된 아름다운 문장들이었던 것이다. 그것들은 어둡고 무거운 시대의 현실 속에 함몰되지 않으면서 현실을 벼리고 변화시키는 가능성을 잉태한 언어의 결정체들이 빚어낸 성과였다. 그런 언어의 결정체를 조세희는 『하얀 저고리』에서도 빚어내고 싶어 했다. 그 열망 때문에 그의 밤과 잠은 불편했으며 훼손된 건강은 수전증마저 초래할 정도였다. 그런데도 그는 밤을 밝히며 고통스럽게 작성한 문장들을 다음날 오전이 되면 마치 페넬로페가 힘겹게 지어낸 옷감을 풀어내 버리듯이 모두 폐기해 버렸다. 언어에 대한 결벽증이 초래한 결과였다.

2000년대 중반이었던가, 마침내 조세희는 두툼한 묶음의 출력 원고를 세계사로 보내주었다. 예정된 전체 분량의 3분의 2를 넘어서는 원고가 넘겨진 셈이었다. 나는 주체하기 어려운 설렘에 휘둘리며 원고를 읽어나갔으나 그 내용은 내 마음을 불안하게 만들었다. 조세희가 이런 정도로 작품을 완성하지는 않을 듯한 예감 때문이었다. 하지만 더 이상 지체할 수만은 없어서 나는 세계사 사장과 협의한 후에 언론사 문화부 기자들에게 연락을 넣고 인터뷰 자리를 마련하였다. 여기까지가 『하얀 저고리』의 운명이라고 나는 생각했다. 곧 조세희의 신작 장편이 출간될 예정이라는 성급한 기사가 작성되기도 했다.

그런데 정말 거기까지였다. 조세희는 작품의 마무리보다 작품에 대한 결벽증과의 싸움을 끝까지 밀고 나가려는 듯했다. 원고는 다시 미루어지고 그의 심신은 더욱 힘겨운 처지로 내몰린 듯했다. 그로부터 다시 얼마간의 시간이 흐르고 그가 오래 거주했던 강동구의 주공아파트가 재개발 예정지로 확정되면서 그는 집을 처분하고 많은 금액을 세계사 사장에게 송금해 버렸다. 신작 장편소설 계약을

취소하는 책임 있는 조치를 마련한 셈이었다. 그리고 너무 많은 세월이 흘러서 『하얀 저고리』의 주인공 나이는 이미 100세를 넘어서고 있었다. 작품의 현실 속에서도 생존하기 어려워진 주인공은 결국 계약 말소된 장편소설과 함께 자연사하는 운명에 휩싸이고 말았다.

인사동 풍경

— 삼육학원과 관훈미술관과 정진규

1974년 가을 인사동의 삼육학원과 정진규 시인

본래는 병원 건물이었다고 했다. 이전부터 병원 건물들이 그랬듯이 흰색 바탕이 칙칙하게 바랜 3층 건물 꼭대기에는 "삼육학원"이라는 간판이 붙어 있었다. 1974년 9월 초의 인사동 생활은 그렇게 시작되었다. 그리고 그 학원에서 정진규 시인과 운명처럼 만났다. 그 건물은 나에게도 운명이었으나 그에게도 운명이었다. 나와 1974년부터 9월부터 12월까지 그 건물에서 인연을 맺었던 그는, 1988년에 월간 시전문지 『현대시학』의 주간 직책을 맡으면서 그 건물에 사무실을 마련했던 것이다. 1988년도에 그 건물의 용도는 입시학원에서 미술관으로 바뀌어 있었다. 그 건물의 명칭은 "관훈미술관", 오늘날에는 "관훈갤러리"라고 불리게 되었다. 용도와 명칭은 바뀌었으나 외관은 거의 바뀌지 않았다. 바뀌지 않는 외관을 가진 그곳은 의연하지만 『현대시학』은 1990년대에 그곳을 떠났으며 정진규 시인은 몇 년 전에 운명을 달리하셨다. 가끔 인사동 후미진 골목에 자리 잡은 관훈갤러리 부근을 배회하며 미술관 2층에 둥지를 텄던 『현대시학』과, 무엇보다도 정진규 시인과의 인연을 돌이켜보곤 한다. 사제의 인연을 쑥스러워하셨으나 낡은 인사동 주점 벽에 등을 비스듬히 기댄 자세로 십팔번이었던 "누가 이 사람을 모르시나요"를 나직이 읊조리던 그의 모습이 아직도 선연하다.

사제의 인연을 쑥스러워하셨던 까닭은 나와 그의 첫 만남이 1974년 9월 초 월요일 오후의 입시학원 국어 수업으로 시작되었기 때문이다. 그는 훗날 내가 문단에 진입하고 『현대시학』 사무실을 들락거리거나 인사동 주점에서 다른 문인들과 함께 어울릴 때면 그와 재수학원 종합반에서 사제의 인연을 맺었다는 사실을 '누설하지 않기'를 바랐다. 삼육학원 국어 강사의 직책은 그에게 과도기 인생의 산물이었던 듯하다. 그는 고려대학교 국문학과를 졸업한 1964년 이래로 10여 년의 세월을 풍문여고와 숭문, 휘문고등학교 등에서 국어교사로 지내다가 이직을 하게 되었던 것이다. 그가 국어교사로 교편을 잡았던 시절의 제자가 바로 문학평론가인 이숭원이다. 이숭원과 나는 동갑이며 똑같이 십 대 후반에 정진규 시인의 가르침을 받았으나 이숭원은 본처의 소생이 되고 나는 첩의 자식이 되어버렸으니, 아버지를 아버지라고 부르지 못하는 홍길동의 처지가 되어버린 셈이다. 나중에 밝혀진 사실이지만 1974년 가을의 인사동 삼육학원에서는 두 명의 정진규 형제가 나에게 가르침을 베풀기도 했었다. 정진규 시인에게는 정박이라는 이름의(본명은 아닌 듯하다) 친형이 있었는데, 정치 지망생이었던 친형은 국회의원 선거에 연거푸 고배를 마시면서 안성의 넉넉한 지주였던 부친의 가산을 거덜 나게 만들었던 장본인이기도 했다. 어쨌거나 1974년 가을의 삼육학원에서 정진규 시인은 국어를 가르쳤으며 그의 형은 세계사를 가르쳤었다. 그 무렵에는 두 분을 형제로 유추해내지 못할 만큼 모습은 크게 닮지 않았으나 낭랑하거나 우렁우렁한 목청만은 한결 같았다는 기억이 새삼스럽다.

프랑스 소설가인 마르셀 프루스트의 대표작 『잃어버린 시간을 찾아서』에는 마들렌 빵조각이 불러일으킨 '초시간적 후각'의 환기 작용이 서술되어 있는데, 1980년대 말의 늦은 하오에 『현대시학』 사무실을 들어서며 나는 바로 그 초시간적 후각의 환기작용을 경험한 바 있었다. 정진규 시인이 앉아 있는 책상으로 다가서다가 돌연 감지되는 미묘하게 달콤한 취기에서 바로 1974년 초가을에 그와 첫 대면하며 느꼈던 후각을 기억해낸 것이다. 그는 첫 수업에 낮술을 마시고 들어왔었다. 얼굴에는 약간 홍조도 어렸는데, 모든 수업 시간마다 교실 맨 앞자리를 차지했던 내 코의 감각에 가까이서 강의를 진행했던 그의 체취가 포착되었던 것이다. 그 체취는 그가 들려주는 김소월이나 서정주의 리드미컬한 시낭송 효과를 배가시키며 국어 수업시간에 기묘한 아우라를 만들어냈다. 그런 아우라를 그 당시에 나만 만끽했었는지는 확인할 수 없으나, 그의 독특한 수업 분위기가 나의 대학진학 방향을 바꾸어 놓는데 결정적으로 기여했다는 사실은 인정할 수밖에 없을 듯하다. 문학 전공은 애초 나의 진학 목표가 아니었던 것이다.

정진규 이전과 이후의 『현대시학』

내가 1988년 여름에 문단으로 입성하고 문학평론가라는 직함을 얻게 된 후에 서둘러 전화를 넣고 찾은 곳도 관훈미술관에 마련된 『현대시학』 사무실이었다. 정진규 시인과의 관훈미술관 인연이 두 번째로 시작된 셈이다. 1974년 9월 첫 주에 선생과의 첫 만남이 성사된 곳이 훗날 관훈미술관으로 바뀐 삼육학원 2층이었는데, 두 번째 만남이 성사된 곳도 같은 건물 2층이었던 것이다. 건물도 그렇지만 우리가 만난 두 번의 시기는 모두 당신의 인생이 전환점을 맞이했던 시기라는 공통점을 간직하고 있다. 내가 처음으로 그를 만났던 1974년은 그가 십여 년의 교직생활을 청산하고 학원 강사라는 직업을 임시로 떠맡고 있던 생의 과도기였다. 그는 바로 다음 해부터 주식회사 진로의 홍보실로 자리를 옮기고 십여 년 이상을 근무하게 되었다. 내가 두 번째로 같은 건물에서 근무하는 그를 찾았던 1988년도에 그는 진로그룹의 홍보실 간부 직책을 사임하고 『현대시학』의 주간 직책을 수행하고 있었다. 내가 기억하는 한 아마도 그 무렵부터 다시 십여 년에 이르는 시기가 정진규 시인의 생애 속에서 가장 열의에 넘치면서 보람을 챙겼던 시절이 아닌가 싶다. 그 열의와 보람은 '정진규 이전의 현대시학과 정진규 이후의 현대시학'이라는 명제를 숙고하게 만들어주기도 한다.

'정진규 이전의 현대시학'은 순수문학과 참여문학으로 양분되었던 한국문학의 지형도에서 순수문학의 영역에 안주하는 노선을 선택하였다. 『현대시학』이 몇 년 터울로 창간된 다른 시월간지인 『시문학』과 『심상』과 함께 1980년대 후반까지, 크게 돋보이지 않는 문단 영향력이나 문학적 성과를 선보인 까닭도, 문예지를 창간한 시인이나 후계자의 혁신을 거부하는 입장과 낙후되어 가는 안목에 의존했기 때문일 것이다. 정진규는 1980년대 초반에 5·18이라는 정치적 외풍을 겪으면서 도래한 '시의 시대'를 문예지의 새로운 동력으로 유인할 수 있는 열정과 안목을 겸비하고 있었다. 『현대시학』의 편집권을 1988년에 넘겨받았을 때 그에게는 두 가지 야심이 도사리고 있었다. 그것은 바로 『현대시학』의 혁신과 문예지를 발판으로 자신의 시적 성취를 밀고 나아가는 일이었다.

오규원과 정진규는 시인으로서 좀처럼 성취하기 어려운 '겸비의 능력'을 갖추고 있다는 공통점을 과시한 바 있다. 오규원에게 겸비의 능력은 시창작과 시창작 교육으로 구현되었다. 그는 끊임없이 창작 실험을 도모하는 방법으로 시창작의 능력을 과시하였으며, "오규원 사단"이라는 별명이 붙을 정도로 수많은 튼실한 제자 시인들을 배출해내는 시창작 교육의 능력을 과시한 바 있다. 정진규에게 겸비의 능력은 시창작과 시문예지 발간으로 구현되었다. 그는 오규원과 달리 일관되게 '산문시'라는 형식을 유지하면서 서정시의 수준을 일신하는 능력을 과시하였다. 동시에 시문예지의 면모를 갱신하여 한국시단에 성과물을 제시하고 영향력을 행사하는 능력을 과시하였다. 후자의 능력을 오규원은 생전에 크게 부러워하였다. 그런 부러움은 오규원에게 필생의 역저인 『현대시작법』이 『현대시학』에 연재된 사실에서도 확인이 된다.

변영림과 이세룡과 퐁네프의 연인들

정진규의 겸비 능력을 뒷바라지한 우렁각시 이야기를 빼놓을 수가 없다. 시업(詩業) 말고는 이렇다 할 능력이나 관심을 세간에 펼쳐 보인 적이 없는 낭만주의자를 묵묵히 뒷바라지하며 세 자녀를 훌륭하게 키워낸 변영림 여사는, 정진규가 수학한 고려대학교 국문과의 한 해 선배였다. 동기 남학생뿐만 아니라 학문의 재원으로 인정을 받아 국문과 교수들의 총애까지 한 몸에 받던 그녀를, 연인으로 취하고 대학을 마치기도 전에 서둘러 결혼해버린 정진규는 국문과의 공적1호가 되어버렸다. 그런 업보가 훗날 정진규에게 고려대학교 국문과의 지원과 평가가 인색한 결과를 초래했는지도 모르겠다. 어쨌거나 정진규는 물심양면으로 가정에 충실하지 못했으나, 우렁각시 덕택에 별다른 호구책도 마련하지 못한 채로, 『현대시학』을 꾸려가며 본인의 시업에만 전념할 수가 있었다. 여자고등학교 국어교사였던 변영림의 봉급이 가정 안팎의 모든 결핍을 채워 넣어야만 했다.

정진규가 『현대시학』을 맡은 1980년대 말부터 그의 처소인 화계사 인근에서 시작된 1월 1일의 '현대시학 신년회 모임'이, 풍요롭고 정겨운 분위기로 젊은 문인들의 관심을 끌었던 원동력도 변영림의 후덕한 인심과 맛깔스런 음식에서 비롯되었다. 내가 시인이며 영화감독인 이세룡을 만나게 된 것도 바로 1989년의 신년회 모임이었다. 1960년대 후반부터 충무로 영화판을 기웃거리다가 1980년대 후반에는 합동영화사 서울극장 기획실장을 역임하고 1990년대 초반에는 영화 잡지 〈로드쇼〉 주간까지 떠맡았던 이세룡 시인. 그는 영화감독으로서의 역량보다 재치 있는 영화평론이 돋보였고, 무엇보다도 간결하면서도 참신한 회화적 이미지를 구사하는 모더니즘 시인으로 정평이 나 있었다. 늘 소년같이 해맑고 스스럼없는 언행을 과시하는 그의 마음속에는 오로지 영화 연출의 꿈이 도사리고 있었다. 그러한 꿈이 결실을 맺어 1980년대 말에 마침내 스스로 집필한 시나리오로 연출한 〈나의 라임 오렌지나무〉라는 영화가 만들어졌으나 결과는 참담한 실패였다. 그 작품은 관객의 호응도 영화적 평가도 이끌어내지 못했다.

영화사 실장을 비롯한 그의 영화계 경력은 『현대시학』에 큰 도움을 제공했으니, 그것은 바로 몇 차례의 '시인 초청 시사회'를 『현대시학』에 마련해준 일이었다. 그 당시만 하더라도 영화계나 언론계 인사들을 주축으로 삼지 않는 시사회가 마련되는 기회는 드물었기 때문에, 『현대시학』이 초청하는 명분으로 마련된 예술영화 시사회에 시인들은 비상한 관심을 보일 수밖에 없었다. 그 결과로 1989년에 상영된 첫 번째 작품은 우리나라에 소설이 먼저 번역되어 베스트셀러가 되었던 밀란 쿤데라의 대표 장편소설『참을 수 없는 존재의 가벼움』을 영화로 제작한 〈프라하의 봄〉이었으며, 두 번째 작품은 1992년에 상영된 프랑스 영화 〈퐁네프의 연인들〉이었다.

그런데 두 번째 시사회가 이루어졌던 충무로의 풍전극장 복도에서, 나는 가슴 아프게 헤어진 저명한 두 중견시인의 뜻밖의 해후가 빚어낸 당혹스러운 해프닝을 목도하게 되었다. 1960년대에 결혼하고 1970년대에 헤어진 두 사람 중에서 C가 복도에서 그녀와 친숙한 후배 시인들과 영화 상영이 시작되기를 기다리고 있었다. 그때 그녀의 곁에 서 있던 나는 상영관 출입구로 J가 들어서는 것을 보고는 반가운 마음으로 그에게 달려갔다. 그런데 내 인사를 받기도 전에 갑자기 J는 바닥에 떨어진 휴지라도 줍는 듯 허리를 굽히더니 이내 몸을 돌리고는 서둘러 영화관 밖으로 사라져버렸다. 나는 지금도 또렷하게 기억한다. 그의 뒷덜미로 느껴지던 당혹감을. J는 복도 저편에 서 있는 C를 발견했던 것이다. 하지만 그때 나는 이해할 수가 없었다. 왜, 그런 자리에서조차 그는 서둘러 발길을 돌려야만 했을까? 두 사람의 슬픈 인연을 기억하는 문인들은 초청자 명단에 두 사람을 함께 올려놓은『현대시학』의 조치를 실수라고 지적했으나, 나에게는 서둘러 외면하는 J의 행동이 다소 비겁하게 받아들여졌다. 그날의 해프닝은 파리 퐁네프다리의 뜨거웠던 사랑을 무색하게 만들어버리는 쓸쓸한 추억이었다. 그리고 그런 해프닝을 초래한 시사회를 선물처럼 베풀었던 이세룡 시인은 2020년에 73세의 나이로 세상의 손을 놓았다.

제3부

전환기의 시문학사

—1980년대 대표시집을 중심으로

1980년대는 시의 시대였다

— 시집으로 읽는 1980년대 시문학사 총론

'1980년대는 시의 시대였다.'

1980년대는 파격과 과격함의 전략과 게릴라 전법으로 소설을 압도하는 시의 시대였다. 특히 1980년대 전반기에 시는 소설을 압도했을 뿐만 아니라, 사회와 정치 변혁을 주도하는 강력한 '무기'(노동문학)였다. 또한 1980년대의 시는 기존의 시 형식을 파괴하는 '신호'(황지우)였다. 무기와 신호는 다르면서 같았다. 그것들은 동전의 양면이었던 것이다.

과격함과 파격의 전략은 애당초 충격에서 분노와 절망의 과정을 거치면서 생겨났다. 충격의 진원지는 5·18 광주였다. 5·18 광주의 충격은 5·16이나 12·12 군부 쿠데타와는 다른 폭력과 희생을 초래했다. 한국에서의 군부 쿠데타는 일반시민의 희생을 초래하지는 않았다. 쿠데타가 군부 독재를 초래했고 군부 독재가 국민의 희생을 초래했으므로. 오히려 독재에 저항했던 4·19가 학생과 시민의 엄청난 희생을 초래했다. 그러나 4 · 19는 절망에서 피어난 희망이었다. 4 · 19가 초래한 희망은 자유와 민주주의였다. 그 두 가지 희망은 5 · 16으로 꺾이지 않았다.

1960년대부터 1970년대까지의 한국문학은 그 두 가지 희망으로 먹고 살았다. 그 두 가지 희망으로『창작과비평』과『문학과지성』도 먹고 살았다. 1970년대에는 '세계의문학'과 함께 아예 한국문단의 주도권을 장악해 버렸다. 자유와 민주주의는 '문학의 자율성'(『문학과지성』)과 '문학의 현실참여'(『창작과비평』)를 동시에 끌어안을 수 있는 이데올로기로 작용하였다. 자유와 민주주의의 유산으로 1970년대 중반부터 김수영의 시세계가 부각되기 시작했다. 4 · 19가 초래한 자유와 민주주의의 유산으로 한국의 시문학사는 1970년대 이후로 '김수영 이전'과 '김수영 이후'로 나뉘는 현상의 조짐을 키워나가기 시작했다. 그 조짐을 만들어내는 일에 문학과지성과 창작과비평이 경쟁하였다. 그리고 흥미롭게도 〈김수영문학상〉을 제정하고 김수영 시세계의 후광을 장악한 곳은『세계의문학』이었다. 민음사(『세계의문학』)는『김수영 전집』을 최초로 펴낸 출판사라는 기득권을 유지하고 있었다. 이런 결과는 두 문예지의 숨겨진 욕망이 초래한 것이기도 했다.『문학과지성』이나『창작과비평』에게 김수영의 문학은 뜨거운 감자였다.『문학과지성』에게는 김수영의 '현실참여적'인 시 정신이 불편한 뜨거움이었고,『창작과비평』에게는 시의 '절대적 자유'를 내세우는, 그리하여 시의 난해성까지를 적극적으로 끌어안는 김수영의 시 정신이 불편한 뜨거움이었다. 그들은 김수영 이

전에 이미 자기 잡지의 노선을 구축해놓고 있었다. 『문학과지성』이 자유를 문학의 자율성으로, 『창작과비평』이 민주주의를 문학의 현실참여로 내세우는 잡지 노선을 이미 구축하고 있었기에 그들은 김수영의 시세계를 인정하면서도 자신들의 노선을 보다 적극적으로 대변할 수 있는 시인 그룹을 발굴하여 지원하게 되었다. 『문학과지성』의 황동규·정현종·오규원과 『창작과비평』의 신동엽·고은·신경림은 그렇게 마련된 전속 단원들이었다.

그런데 4·19의 희망은 5·16에는 꺾이지 않았으나 5·18에는 무기력했다. 1980년대가 열리는 첫해에 터져버린 5·18의 참상은 서구의 근대 시민사회가 키워온 자유와 민주주의 이념이 유지하고 있는 '계층적 관점'을 무력화하면서 자본주의 체제로는 극복할 수 없는 현실의 조건을 선연하게 드러냈기 때문이다. 다시 한번 언급하거니와 4·19는 희생을 딛고 피어난 희망이었다. 반대로 5·18은 희생에도 불구하고 깊어진 절망이었다. 4·19와 5·18의 그 차이가 시인을 포함한 지식인들에게 충격을 안겨주었다. 특히 4·19의 희망을 20대의 젊음으로 체험한 1960년대 문인들은 5·18의 참상 앞에서 충격과 함께 '무력감'에 빠져버렸다. 서구의 근대 민주주의와 사회 계층론을 중심으로 지식인의 계몽적 이성과 민중의 현실참여를 선도해온 그들의 문학관은(백낙청의 「시민문학론」이 좋은 사례다), 광주의 참상을 외면하는 미국 정부와 언론의 침묵을 목도하면서, 자신들의 입장과 역할이 더 이상 먹혀들기 어렵다는 무력감에 빠져버렸다. 게다가 이들은 자신들의 가치관을 피력하고 영향력을 행사할 수 있는 지면마저 언론통폐합조치라는 명분으로 박탈당해 버렸다.

5·18의 충격은 시보다 소설과 같은 산문의 형식에 더욱 강력한 무력감을 안겨주었다. 산문은 '서술'이라는 양식을 끌어안으면서 서술자의 가치관과 서술자가 살아가는 현실에 대한 입장을 시보다 직접적으로 드러낸다. 산문의 서술양식으로는 17세기 종교재판에 회부된 갈릴레오와 브루노의 곤경을 모면하기가 어렵다. 과학자와 철학자인 그들은 각각 지구가 우주의 중심이 아니라는 '지동설'을 산문의 서술양식으로 발표했다가 똑같은 양식으로 철회하기를 요구받았다. 갈릴레오는 철회하고 살아남았고 브루노는 철회하지 않고 화형에 처해졌다. 이와 같은 산문의 서술양식으로 시를 쓰거나 자신의 정치적 입장을 피력한 시인들은 1980년대 전반기에 혹독한 억압을 받았다. 정보기관에서 취조를 받을 때도 요구되는 언어의 소통방식은 산문적인 서술의 양식이었다. 자기 노출을 회피하기 어려운 산문의 서술양식은 암흑의 시대에 책임감과 용기를 필요로 한다. 그것은 직접적인 호소력을 갖고 대중의 의사소통(매스컴)에 절대적 영향력을 행사하므로, 암흑의 시대에 정치권력은 이러한 의사소통의 양식을 반드시 장악한다. 현실 반영의 서술양식을 지향하는 소설은, 그것도 1970년대까지 현실 반영의 압도적 영향력을 행사해온 리얼리즘을 신봉하는 소설들은, 1980년대에 이러한 책임감과 용기를 시보다 강력하게 요구받았다. 그리고 1970년대 리얼리즘 소설을 대표하는 작가들의 오랜 침묵이 이어졌다. 그

러한 침묵이 소설의 무력감을 반영한다. 더구나 시보다 느슨한 서술양식이라는 점에서 시위 현장의 선동 효과는 소설이 시보다 떨어졌다. 시의 경우에는 단말마의 고백과 구호를 반복하는 효과만으로도 시위 현장을 압도할 수가 있었다. 그래서 다시 '1980년대는 시의 시대였다.'

5·18의 충격 앞에서 기존의 이념과 제도를 활용한 의사소통 체계에 절망을 느낀 젊은 시인들이 있었다. 언론을 비롯한 의사소통 체계가 장악되어 버린 현실 속에서, 공적인 언어로 그것도 산문적인 서술양식으로 현실의 참상을 증언하고 삶의 진실을 표현할 수 있는 자유는 허락되지 않았다. 이 때문에 게릴라 전법으로 유통되는 지하의 불온 유인물에 참여하거나 검열을 통과할 수 있는 고도의 상징적 표현양식을 개발하는 작업이 시도되었다. 그리고 마치 20세기에 들어서 서구의 자본주의를 끝장내기 위하여, 새로운 예술의 노선을 찾아 나선 아방가르드들처럼 그들은 과격함과 파격의 전략을 '발굴해냈다.' 발굴해냈다고 단정한 까닭은 그 전략이 새로운 것이 아니었기 때문이다. '노동문학'은 사회주의 리얼리즘의 이론과 방법론을 계승했으며, '해체시'는 러시아형식주의의 '낯설게 하기'와 후기구조주의의 '상호텍스트성 이론'을 모델로 활용하였기 때문이다.

노동문학은 6·25전쟁 이후부터 한국사회를 규정하고 분석해온 '계층론'의 리얼리즘으로부터 '계급론'의 리얼리즘으로 관점을 이동하였다는 점에서 과격함의 투쟁전략을 도입하였다. 계층론에서 계급론으로의 전환은 한국사회의 기존체제를 전복하려는 의지를 앞세웠기에 무엇보다도 과격함의 전략이 돋보였다. 그 전략 앞에서 1970년대부터 한국의 현실참여문학을 이끌어온 『창작과비평』의 '민족주의 리얼리즘' 노선은 자본주의 체제와 타협하는 '소시민적 지식인 문학'으로 폄하되었다. 과격함의 전략은 철저하게 정치적이었다. 전문가로서의 시인, 개인으로서의 창작 주체, 기존의 창작 원리, 이런 것들이 통째로 부정되고 정치를 위한 혁신이 모든 것을 뒤바꿔 놓았다. 기존의 예술 미학은 통째로 부정되었다. 그런데 노동문학의 원리는 이미 실패가 예정된 미학을 답습하고 있었다. 1930년대 소련의 스탈린 체제에서 시행되고 그것의 독재적 성격이 비판을 받으면서 침체된 사회주의 리얼리즘의 원리를 반영하고 있었기 때문이다. 게다가 노동문학의 1980년대 전반기를 대표하는 '노동시'가 취한 서술형식은 파격의 원리를 벗어나 있었다. 그것은 진부하고 보수적인 시의 형식이었다. 그것이 소박한 산문의 서술 양식을 채택하고 있었기 때문이다. 시라기보다는 수기(手記)와 구호에 가까운 직설의 소박한 문장들. 그것들은 마음으로 새기는 시가 아니라, 입으로 외치고 행동으로 옮기는 시를 목표로 삼는 문장들이었다. 그 문장들은 시를 정치 투쟁을 위한 홍보 수단으로 격하시켰다.

문학의 품질이 정치적 목표 앞에 뒷전으로 내몰리는 현실은 결국 노동문학의 몰락을 예비했다. 품질을 잃어버린 홍보수단으로서의 문학은 홍보수단이 떠받들어야 할 정치 목표로서의 '노동자계급

해방'이라는 현실이 무력화되자 함께 퇴조하기 시작했다. '이데올로기+품질'의 문학과 '이데올로기+홍보수단'의 문학이 겨룬 싸움에서 후자가 살아남기 어렵다는 사실이 또 한 번 입증된 셈이다.

『창작과비평』은 노동문학의 노선을 절충 보완하는 입장에서 포섭하려 하였다. 이러한 포섭은 『창작과비평』의 정치 노선을 쇄신한다는 측면에서는 어느 정도 성과를 보였으나, 문학 노선에는 오히려 흠집과 퇴보를 초래하였다. '이데올로기+품질'의 문학을 견지하려는 입장에 혼선이 빚어졌기 때문이다. 더구나 1980년대 전반기에 왕성한 작품 활동을 선보인 노동시의 입장을 수용하는 문제는, 『창작과비평』이 개발하고 집적해온 민족주의 리얼리즘의 미학과 작품성과를 적극적으로 밀고 나아가려는 의욕을 약화하는 부작용을 초래하였다. 그리하여 노동문학이 퇴조해버린 1990년대 이후에는 '잃어버린 리얼리즘 10년의 성과'에 대한 후유증으로 2010년대에 들어선 지금까지도 문학적으로는 정체성 혼란이나 실종의 상황을 지속하고 있다(특히 창비 시인선의 면면을 보라. 그 리스트는 창비 시인선과 문지 시인선의 유사성, 심지어는 동일성을 입증하는 착잡한 사례이다). 결국 노동문학이 1980년대에 선보인 과격함은 정치적인 과격함이었을 따름이다. 노동문학은 정치적으로만 1980년대라는 시의 시대였다는 주장을 관철했을 따름이다.

1980년대의 폭압적인 정치 현실을 고발하고 저항하기 위한 전략으로 〈발굴〉해낸 또 다른 과격함의 전략은 '해체시'였다(2000년대의 '미래파'시가 20세기 초반에 전개되었던 아방가르드 예술운동의 '미래파'

와 별다른 연관관계를 갖지 않듯이 1980년대에 성립한 해체시라는 용어도 후기구조주의의 해체라는 개념과 별다른 연관관계를 갖지 않는다. 다만 기존의 시학 원리를 위반하거나 무너뜨렸다는 점에서 이 용어가 편의적으로 사용되었는데, 그런 점에서는 용어의 겹침을 피하기 위하여 '형태 파괴시' 정도가 적합하지 않을까 하는 판단을 뒤본다. 이런 시쓰기를 감행한 선두주자격인 황지우 스스로 "파괴를 양식화하는 것이 자기 시쓰기의 전략"이라고 밝히고 있는 점도 형태 파괴시라는 용어의 적실성을 입증해준다. 그래서 이제부터는 해체시라는 용어 대신에 형태 파괴시라는 용어를 사용하겠다). 형태 파괴시가 제공하는 과격함의 전략은 의사소통의 질서를 파괴하는 장치로서의 효과를 발휘한다. 그런데 의사소통의 질서를 장악하고 있는 것은 매스컴이다. 따라서 과격함의 전략은 '매스컴 형식의 파괴'를 시도했다. '매스컴 내용의 파괴'를 시도하기가 어렵기 때문이었다. 매스컴 내용의 파괴를 시도하기 어려운 까닭은 그것을 군부 독재체제가 장악하고 있기 때문이었다(언론사찰 정책). 매스컴 내용의 파괴를 시도하는 작업은 체제의 검열에 걸려들 것이다. 그런 작업은 노동문학의 전략이며 지하에서 유통되는 불온유인물의 형태로 이미 시도되었다. 그러므로 매스컴 형식의 파괴는 검열을 통과하면서 군부독재체제를 고발하고 그것에 저항하는 효과적인 방법이라는 의의를 간직하고 있었다. 그 작업은 문학을 정치에 접속시키면서 문학과 정치를 동시에 교란하는 과격함의 전략이었다. 그 작업에 의하여 신문 기사와 광고, 벽보의 내용은 거의 원안 그대로 시의 공간 속으로 이동하게 되었다. 내용이 수정되지 않았으므로 그것들을 다룬 시 작품은 검열을 통과할 수 있었다. 시의 공간으로 이동한 매스컴의 내용들은 공간 이동 효과만으로도 낯선 시적 징후를 만들어냈다. 그 징후는 5 · 18에 대하여 침묵하고 왜곡했던 매스컴의 위장된 소통 체계를 교란하고 파괴하는 역할을 수행하였다. 그 역할은 외적으로는 정치적 의사소통 체계를 파괴하는 과격함의 전략을 수행하였으나, 내적으로는 시적 의사소통 체계를 파괴하는 과격함의 미학을 성취하였다.

주목해야 할 점은 의사소통 체계를 교란하기 위하여 시의 공간 속으로 낯설게 이동한 매스컴의 품목과 내용이었다. 매스컴에서 따온 그것들은 20세기 초반의 아방가르드들이 낯설게 도입한 기성품의 오브제들처럼 형태 파괴시의 낯선 구성 요소들로 활용되었다. 그런데 정치적 검열이 완화되면서 과격한 '풍자의 형식'에 대한 배려보다 과격한 '풍자의 내용'에 대한 시인들의 의욕이 강화되는 부작용이 돌출하기 시작하였다.

1980년대 후반의 형태 파괴시들이 풍자의 반복과 가벼움으로 비판을 받았던 까닭도, 시에서 정치적 비판의식이 약화되거나 실종되었기 때문이라기보다는, 과격한 풍자의 형식에 대한 상상력보다 과격한 풍자의 소재와 내용을 찾아 나서는 일에 분주하였기 때문이다. 「편모슬하의 시쓰기」(이남호)는 정치라는 거대 타자로서의 아버지가 사라져버린 시쓰기의 변화된 현실 조건을 지적하고 있지만, 그 이면에는 1980년대 전반기의 형태 파괴시 선배들이 발굴한 과격함의 전략을 갱신하기보다, 불구의 형태로 계승해야 하는

1980년대 후반기 형태 파괴시 시인들의 불안감이 도사리고 있는 것으로 보인다. 1980년대 후반의 형태파괴시가 가볍고 하찮은 '키치'와 같은 것으로 비판을 받았던 까닭도, 단지 정치에 대한 풍자가 사라져 버린 시의 공간에 대중문화의 요소를 들여앉혔기 때문만은 아니다. 문제는 대중문화를 '과격한 형식'으로 표현하기보다 '과격한 소재와 내용'으로써 대중문화의 품목들을 전시하기에 분주했다는 점이 눈총을 받았던 것이다. 그런 점에서 과격함의 전략을 시의 소재와 내용이 아니라, 시의 형식으로 발굴해낸 1980년대 전반기의 형태 파괴시가 1980년대는 시의 시대였다는 주장을 관철했다고 인정해야 할 것이다.

1980년대는 시의 시대였다는 규정은 1980년대는 '시집의 시대였다'라는 규정으로 좁혀질 수도 있다. 이전의 어느 시대보다도 다양한 성격의 시집들이 수많은 출판사들에 의하여 출간되었다. 1970년대부터 시작된 언론탄압은 해직 기자들이 참여하는 출판사와 출판 인력의 급속한 확장을 초래하였고, 인문사회과학 중심으로 출판의 호황을 이어나가던 출판사들은 1980년대에 들어서자 시집 출간도 시도하게 되었다. 기존의 창작과비평사와 문학과지성사, 그리고 『세계의문학』을 발간하는 민음사 등 문예지를 발간하는 출판사 외에도 '청하' '풀빛' 같은 단행본 출판사들도 시집을 출간하게 된 것이다. 청하를 비롯하여 몇몇 출판사는 백만 부를 뛰어넘는 베스트셀러 시집을 출간함으로써, 시의 대중성 확보에도 크게 기여하였다. 1980년대 시의 대중성이 주목을 받아야 할 까닭은 『홀로

서기』와 같은 낭만적 서정시뿐만 아니라, 『노동의 새벽』 같은 노동시까지 포괄하는 다양성을 구축하였기 때문이다.

이와 같은 시집의 다양성과 대중성을 구축하는데 크게 기여한 견인차로 '무크지'와 '동인지'의 역할을 빼놓을 수가 없다. 어느 시대보다도 압도적인 숫자로 무크지와 동인지가 쏟아져 나올 수 있었던 까닭은, 군부독재의 정기간행물 폐간과 같은 언론 억압정책에서 비롯되었지만, 문학 그중에서도 시가 문화의 핵심 가치로 인정받던 시대적 분위기와도 무관하지 않을 것이다. 게다가 '비정기간행물'이라는 '게릴라 전법'의 잡지 발간 방식은 출판사에 정치적 부담뿐만 아니라, 경제적 부담도 덜어줄 수 있는 문학 참여의 기회를 제공한다는 점에서 큰 호응을 얻게 되었다. 무크지와 동인지를 통하여 문학적 노선과 개성을 달리하는 수많은 시인들이 발표 지면을 확보하고 새로운 시인들이 탄생하게 되었다. 무크지와 동인지들은 기존의 문예지와는 달리, 아직 이름을 알려줄 만한 기회를 확보하지 못한 젊은 시인들에게, 적게는 다섯 편에서 십여 편에 가까운 작품들을 동시에 발표할 수 있도록 획기적인 지면을 허락해주었다. 젊은 시인들은 이 지면들을 통해서 문단의 어떤 집단이나 노선을 의식하지 않고, 소신껏 자신들의 역량을 과시할 수가 있었다. 그렇게 야심 차게 발표된 작품들은 빠른 시일 안에 시집으로 묶여서 출간될 수가 있었다. 무크지와 동인지에서 시집으로 이어지는 시간이 어느 시대보다도 짧았던 게릴라 문단의 시대가 펼쳐진 셈이다.

한국의 시문학사에서 1980년대야말로 1920년대와 1930년대의 동인지 시대를 질적으로 양적으로 뛰어넘는 시 잡지와 시집의 다양하고 풍요로운 결실을 거둔 시대로 기록되어야 할 것이다. 바야흐로 '시인 제자백가'의 시대, '시집 만화방창'의 시대가 펼쳐지면서 1980년대는 비로소 시의 시대였다고 주장할 수 있게 되었다.

무엇을 위한 파괴의 시학인가

— 황지우 시집, 『새들도 세상을 뜨는구나』

이것은 시집이 아니었다

이것들은 시가 아니었다. 따라서 이것들을 모아놓은 것도 시집이 아니었다. 이것들은 불편하고 불쾌한 '낯설음'을 안겨주었다. 왜, 이런 것들을 시라고 읽어야 할까? 독자들은 화가 나서 그것들을 찢어버리거나 휴지통에 던져버릴 수도 있었다. 마치 「심인」에서 사람 찾는 신문광고의 내용을 화장실에서 "쭈그리고 앉아/ 똥을 눈" 후에 광고의 내용이 실린 신문지로 뒤를 닦아버리듯이. 그런데 「심인」에서 화자는 일단 사람 찾는 광고를 읽어보기라도 한다. 심심하니까, 별 관심 없이 들여다본다. 그런데, 차츰 아무것도 아닌 것 같던 광고 내용 속에서 무언가가 떠오르기 시작한다. 어떤 단서가, 어떤 징후들이……

김종수 80년 5월 이후 가출
소식 두절 11월 3일 입대 영장 나왔음
귀가 요 아는 분 연락 바람 누나
829-1551

이광필 광필아 모든 것을 묻지 않겠다
돌아와서 이야기하자
어머니가 위독하시다

그 단서는, 징후들은 우선 '김종수'를 찾는 광고 내용과 '이광필'을 찾는 광고 내용이 달라 보이기 시작하는 것에서 비롯된다. 김종수는 '가출 시기'가 명시되어 있다. 그 가출 시기가 독자의 시선을 잡아끈다. 80년 5월이라고? 그때라면, 그래 그때라면…… 이 가출 시기가 신문광고의 내용을 달라 보이게 만든다. 독자는 그 광고 내용 속으로 빨려 들어가기 시작한다. 아, 그럴지도 모르겠구나. 광주 민주화 항쟁 때 실종된 것일지도…… 이광필에는 그런 게 없다. 그렇다면 단서는 이게 전부인가? 눈 밝은 독자라면 두 번째 단서를 찾아낼 것이다. 김종수의 광고 문구는 이광필의 광고 문구보다 평범하지만 덜 상투적이다. 이 두 가지 단서로 김종수의 광고 문구는 그 진정성이 입증되었다. 거기에다 김종수의 광고 문구에는 연락처도 명기되어 있다. 반면에 이광필의 광고 문구는 그저 생색내기에 불과한 것처럼 보인다. 이 두 가지 단서나 징후들 때문에 시의 화자는 이 광고 문구가 적힌 신문지로 똥 묻은 궁둥이를 닦을 수 있을까? 그리고 이 단서나 징후들이 이 광고 문구의 내용을 '시적인 것'으로 변화시킬 수 있을까?

하나만 더 예를 들어보겠다. 이번에는 신문광고가 아니라 벽보다.

예비군편성및훈련기피자일제자진신고기간

자:83.4.1 ~ 지: 83.5.31

「벽.1」이라는 시다. 이것의 시적인 단서, 혹은 징후는 무엇일까? 시집 한 페이지에 거의 눈에 안 보이는 글씨로 단 두 줄만 인쇄된 이것을 발견하는 순간 독자들은 역시 불쾌하거나 막막할 것이다. 어떻게 하라고! 이런 것은 단독으로 발표되기가 어렵다. 어떤 문예지가 이런 걸 작품이라고 실어주겠는가! 이건 묻어가는 작품이다. 여러 편을 발표할 때 소품으로 끼워서 발표할 수는 있겠다. 그래도 독자들은 문예지에서 이것을 발견하는 순간 기가 막힐 것이다. 여기에서 우리는 1980년대가 무크지와 동인지의 시대였다고 하는 사실을 상기할 필요가 있다. 1980년대 초에 군사독재정권이 언론사찰과 통폐합이라는 만행을 저지르는 가운데 수많은 의식 있는 잡지들을 폐간 조치하고 정기간행물 발간 등록을 까다롭게 만드는 조치를 시행했다. 그런데 그 바람에 오히려 독특한 대응전략이 시도되었다. 비정기간행물인 무크지와 동인지들의 발간이 활성화된 것이다. 1980년대는 그야말로 무크지와 동인지 전성시대였다. 그리고 문예지로서의 무크지와 동인지들은 젊은 시인들에게 과감한 지면을 할애해주었다. 한 시인이 10여 편의 작품을 한 잡지에 발표하는 획기적인 기회가 마련된 것이다. 그런 기회들이 이런 것까지 작품으로 발표할 수 있는 혜택을 마련해주었다. 그런데 이것은 과연 혜택이었을까? 어쨌거나 이렇게 많은 작품들이 문예지에 실리면서 시집 발간의 기회도 잦아졌으며 시집 발간의 기간도 단축되었다. 그리고 시집 속에 이런 작품도 과감하게(?) 수록되었을 것이다.

다시 「벽.1」로 돌아가서, 도대체 동사무소의 게시판에나 붙어 있을 벽보를 '그냥 있는 그대로', 마치 미술의 '오브제'처럼 시집에 들여앉혀 놓은 이것을 어떻게 시라고 읽어야 할 것인가! 불쾌하고 막막하지만, 그런 와중에 이걸 도대체 시라고 읽어줄 만한 단서는, 징후는 무엇일까?

첫 번째 단서는 활자의 크기다. 시집의 다른 작품을 서술하는 활자 크기와 비교도 안 되게 작은 활자 크기를 고른 이유가 이것을 시적인 것으로 만드는 1차적 징후이다. 그럼 그 이유는 무엇일까? 그건 바로 '무시해버리라는 것'이다. 활자 크기가 작아서 거의 눈에 띄지 않을 만큼 벽보의 내용이 하찮은 것이라는 사실을 그 활자의 모양이 암시하고 있는 것이다. 재미있는 점은 오히려 활자의 크기가 작았기 때문에 벽보의 내용이 '낯설게' 도드라져 보이는 효과가 생겼다는 사실이다. 아이러니한 효과인 셈이다.

두 번째 단서는 크게 중요해 보이지는 않는다. 그러니 얼른 말하고 지나가겠다. '띄어쓰기를 무시한 것', 이것도 벽보의 내용을 무시하는 데 일조한다. 세 번째 단서는, 또는 징후는 아주 중요하다. 그것은 기간을 가리키는 한자어인 '자(自: 언제부터)'와 '지(至:언제까지)'를 한글로만 표기해 놓은 상황이 만들어내는 발음 효과이다. 붙여서 읽어보라. "자지." 자지,라니! 이것은 욕이 아닌가? 그렇다, 욕이다. 이 벽보는 욕을 하는 내용인 것이다. 무엇에 대해서? 벽보의 내용에 대하여. 그렇다면 '무시해버리라는 것'이기도 하고 '하찮은 것'이기도 하고 '욕하는 대상'이기도 한 벽보의 내용은 과연 무엇인가? 그것은 바로 군부독재정권이 성립한 이후로 강요되어온 '군사체제'를 상징하고 있다. "예비군편성 및 훈련"이라고 하는 제도 자체가 군부독재가 강요하는 정치적 억압의 현실을 상징하고 있는 것이다. 이런 정치적 징후를 알아차리게 만드는 장치로서의 낯설게 하기만으로 이 벽보의 오브제는 시 작품으로서의 지위를 확보할 수 있을까?

이 시집에는 이런 작품들이 20여 편쯤 된다. 전체 총 편수가 61편이니까 3분의 1쯤 된다. 그런데 이것들만으로 그는 1980년대 한국시문학사의 중요한 흐름을 대변하는 시인으로 자리매김되었으며, 이 시집은 그런 흐름, 소위 '해체시'(나는 '형태 파괴시'라는 명칭을 붙이겠다. 황지우 자신의 시에 대한 규정, "나는 말할 수 없으므로 양식을 파괴한다. 아니 파괴를 양식화한다"도 이런 명칭에 어울린다)라 불리는 시의 흐름을 대표하는 시집으로 평가되었다. 그런데 과연 형태 파괴시는 1980년대 한국시문학사를 주도할 만한 문학적 가치를 내장하고 있을까? 혹시 황지우의 형태 파괴시는 우리의 서정시를 갱신하려는 목표보다 긴급하고도 중요한 다른 목표를 성취하기 위한 수단으로 도모된 것은 아닐까? 그리고 그런 점에서 형태 파괴시에 대한 평가는 과대포장된 것은 아닐까?

만약에 이 시집이 1970년대까지 독점적 지위를 누려왔던 전통 서정시의 위상과 성격을 갱신하고 새로운 시의 방향을 모색하기 위하여 실험적인 작업에 충실했다면 이것에 '메타 시집'이라는 명칭을 붙여줄 법도 하다. 실제로 이 시집 속에는 시란 무엇인가를 묻는 작품도 실려 있다(「도대체 시란 무엇인가」). 그러나 설문지 형식을 갖춘 이 작품에서 설문의 목록들은 시를 살펴보는 작업이기보다 시인, 그것도 당대의 현실에 대한 시인의 '윤리의식'을 검토하는 작업에 편중되어 있다. 그뿐만이 아니다. 이 작품의 말미에서 "죄의식에 젖어있는 시대, 혹은 죄의식도 없는 저 뻔뻔스러운 컬라텔레비전과 저 돈 범벅인 프로야구와" 같은 구절들을 접하게 되면 시인이 시의 영역을 다른 영역과 관계 짓고 싶어 한다는 사실을 깨닫게 된다. 시인은 1980년대 전반기에 군사독재 정권이 매스컴을 앞장세워 국민들을 세뇌했던 대중문화 정책을 환기하고 있는 것이다.

황지우에게 형태 파괴시라는 명칭을 1980년대 시문학사의 훈장으로 안겨준 첫 번째 시집의 전략은 이처럼 시의 세계로 온전히 환원되기 어려운 속성을 간직하고 있다. 1970년대까지 한국시문학사의 저변을 구축하며 성숙한, 그러면서도 한편으로는 익숙한 서정시의 미학을 크게 교란한 형태파괴시 운동을 선도한 황지우의 이 시집은 그런 점에서 시란 무엇인가를 내부적으로, 그리고 본질적으로 탐구하는 '메타 시학'의 관점보다는 시와 매스컴이라는 '비교 시학'의 관점에서 분석되고 평가되어야 할 것으로 보인다. 시집의 성격이 시라는 '장르의 깊이'를 탐사하기보다 시라는 '장르의 영역을 확장'하는 일에 경사되어 있다는 점에서도.

우선 시를 매스컴에 연계하고 싶어 하는 시인의 의식은 '의사소통 양식'에 대한 관심으로 요약된다. 시와 매스컴 모두가 의사소통의 역할을 감당하는 양식적 특징을 보여주기 때문이다. 그런데 그의 의사소통 양식에 대한 관심은 당대의 정치적 현실로 수렴한다. 1960년대부터 전개되어온 군사독재정권의 억압을 1974년의 민청학련사건에 연루되는 현실로 몸소 체험한 그에게 1980년의 광주민주화항쟁은 정치적 억압의 정점에 도달한 것으로 판단되고 체험되었기 때문이다. 그는 군부독재의 만행에 대한 국민들의 분노와 정의에 대한 갈망이 매스컴이 주도하는 의사소통의 양식으로 표현되기를 기대했으나 매스컴은 그러한 책임을 회피하고 침묵하였다. 그리고 그는 광주민주화항쟁을 진압하고 무화하는 억압의 현실에 다시 한번 연루되는 고통과 치욕을 겪었다.

그는 무엇을 파괴하고 싶었을까?

황지우는 시집의 뒤표지에 수록된 산문 「사람과 사람 사이의 기호」의 발췌문에서 "매스컴은 반(反)커뮤니케이션이다"라고 선언하고 있다. 이 선언 속에 이미 그가 파괴하고 싶은 대상이 '매스컴'이라고 하는 사실, 보다 구체적으로 말해서 '매스컴의 표현양식'이라고 하는 사실을 알아차릴 수가 있다. 1980년대의 의사소통을 대표하는 수단인 매스컴이 "진실을 알려야 할 상황을 무화(無化) 시키고 있는" 상황을 깨뜨리고 싶었던 것이다. 그 진실은 당연히 정치적 진실이다. 그 진실은 1980년 5월에 터진 광주민주화항쟁의 참상을 보도하는 것이다. 당대의 매스컴은 그것을 철저하게 외면하였다. 황지우의 분노가 광주의 참상을 향한 것이라면, 황지우의 절망은 그 참상을 외면하는 매스컴을 향한 것이었다. 그가 「땅아 통곡하라」라는 유인물을 작성하고 청량리로 뛰쳐나가서 배포하려 했던 것도, 그리고 그 일로 연행되어 견디기 어려운 고문을 받게 된 것도 모두 광주의 참상을 외면하는 매스컴의 역할을 자신의 온몸으로 감당해야만 한다는 절박한 결단이 빚어낸 결과들이었다. 그의 온몸은 '反커뮤니케이션'을 자행하는 매스컴의 표현양식을 폭로하고 그것에 저항하여 그 양식을 전복할 수 있는 새로운 표현양식을 찾아내는 일에 바쳐질 수밖에 없었다. 그가 작성한 바 있는 유인물은 매스컴이 포기한 의사소통의 양식을 활용하였으나 의사소통의 효과를 제대로 발휘하지 못했을 뿐만 아니라 그에게 감당하기 어려운 삶의 고통을 안겨다 주었다. 게다가 그 유인물은 문학적 의사소통의 양식을 갖추고 있지도 않았다. 그런데도 직설화법의 정치적 선언문을 작성한 체험은 그의 시쓰기에 적지 않은 영향을 미쳤다고 말할 수 있다. 1980년대 전반기에 그가 민중문학이나 노동문학을 지향하는 시인들과 문학적 행보를 함께 하는 '시와 경제' 동인이었다는 사실과 함께 직설화법에 가까운 참여시를 써낸 흔적이 시집의 표제작인 「새들도 세상을 뜨는구나」를 비롯해서 「신림동 바닥에서」와 「95 청량리―서울대」 같은 시편들로 표현되어 있기 때문이다.

매스컴에 대한 분노와 매스컴이 외면한 의사소통의 진실을 담아낼 수 있는 새로운 언어의 표현양식으로 그는 '시적인 것의 발견'이라는 개념을 찾아낸다. 이 개념은 그가 개발한 것이 아니라 20세기 아방가르드의 예술 양식에서 차용한 것이다. '다다이즘'의 대가 마르셀 뒤샹이 개발한 '레디메이드 아트(ready-made art)', 혹은 '오브제 아트(object art)'의 양식과 유사하기 때문이다. 이미 존재하는 예술품을 자신의 작품으로 패러디하는 레디메이드 아트와 예술작품의 대상으로 삼기 어려운 것을 과감하게 작품의 실체로 도입하는 오브제 아트의 방법을 황지우는 시적인 것의 발견으로 활용하고 있는 것이다. 마르셀 뒤샹이 실제의 남성 소변기를 자신의 작품으로 전시해서 충격을 안겨주었듯이 황지우도 시의 내용이 되기 어려운 광고, 벽보, 신문 기사, 만화 등을 실재에 가까운 작품의 내용으로 삼아서 독자에게 낯선 불편함을 안겨준다. 그에게 시는 '만드는 것'이 아니라 '발견하는 것'이다. 그리고 특히 그에게 시적인 것의 대상이 주로 매스컴의 양식이라고 하는 사실을 주목할 필요가 있다. 그는 그가 '반커뮤니케이션'이라고 경멸하는 매스컴의 내용물, 그러니까 대중문화나 '키치'에 해당하는 것들을 시적인 것의 대상으로 삼고 있는 것이다. 이런 방법은 당연히 정치적 전략으로서의 의

의를 간직하고 있다.

그는 형태 파괴시의 시론에 해당하는 「사람과 사람 사이의 기호」에서 "그러면 표현할 수 없는 것을 어떻게 표현할 수 있는 것으로 만들까? 어떻게 침묵에 사다리를 놓을 수 있을까? 나는 말할 수 없음으로 양식을 파괴한다. 아니 파괴를 양식화한다. 다시 말해서 나는 시에서, 말하는 양식의 파괴와 파괴된 이 양식을 보여주는 새로운 효과의 창출을 통해 이 침묵에 접근하고 있다"라고 주장한 바 있다. 이 주장은 먼저 "표현할 수 없는 것"이라는 전제를 담아내고 있다. 이 전제가 정치적 현실을 언급하고 있는 것이다. 군부독재가 표현을 금지하는 것을 매스컴은 표현할 수 없는 것으로 외면해 왔다. 매스컴은 오히려 거짓된, 혹은 무의미한 정보를 전달하는 일에 분주하다. 형태 파괴시는 이런 매스컴의 존재 조건을 역으로 활용한다. 즉, 형태 파괴시는 매스컴의 거짓된, 혹은 무의미한 정보 양식을 시적인 것의 대상으로 삼는다. 그러나 아직까지 그것은 진정한 시적인 것의 대상일 수는 없다. 시적인 것의 진정한 대상은 매스컴의 양식을 그 양식이 담아내고 있는 의사소통의 내용을 조롱하거나 파괴하는 효과에서 발생하기 때문이다. 다시 말해서 매스컴이 담아내고 있는 반커뮤니케이션의 내용은 파괴의 효과를 통해 시적인 것의 진정한 존재 가치를 일깨운다. 그것이 바로 황지우가 주장한 바 있는 시적인 것의 발견 과정이다. 그리고 그 과정을 통해서 "표현할 수 없는 것"에, "침묵에 사다리"가 놓이는 효과가 생겨난다.

형태 파괴시라는 명칭 속에 담겨 있는 파괴의 전략과 수행 과정, 그리고 효과는 이런 것이다. 파괴의 방향은 일차적으로는 매스컴을 겨냥하고 있으면서 이차적으로는 억압적인 정치 현실을 겨냥하고 있다. 파괴의 방향에 시의 영역도 겨냥되어 있을 것이다. 그러나 시적인 것의 효과는 주로 충격 에너지이고 그 에너지는 의사소통의 교란 효과를 정치적 이데올로기로 집중하는데 바쳐졌던 것 같다. 그 에너지는 시적 상상력을 미학적 표현능력으로 심화할 수 있는 여유분을 비축하지는 못했던 것처럼 보인다.

1980년대의 시문학사에서 형태 파괴시에 대한 평가는 시의 영역을 겨냥한 파괴 효과에 주목하였다. 그러나 실제로 파괴의 대상이 매스컴이나 정치체제였다는 사실, 그리고 그것을 극복하는 의사소통의 양식을 찾아내는 일이 이 시집의 주요 목표였다는 사실을 인정하면 시의 미학과 언어 표현양식의 갱신에 이 시집이 기여한 공로는 재평가되어야 할 것이다.

체위를 바꾸고 싶은 시쓰기
— 이성복시집, 『뒹구는 돌은 언제 잠 깨는가』

　이성복의 첫 시집 『뒹구는 돌은 언제 잠 깨는가』는 파격이나 과격함으로 세간의 주목을 받았다. 그 파격이나 과격함은 '해체시'라는 장르의 명칭을 그에게 안겨주었지만, 그의 첫 시집이 보여준 파격이나 과격함은 해체시의 동인으로 분류되는 황지우나 박남철의 그것들과는 질적으로 다르다. 무엇보다도 그의 파격이나 과격함은 신문기사나 벽보 같은 비시적인 것들을 시의 영역으로 끌어들이는 '낯설게 하기'나 '상호텍스트성'에 기대지 않는다. 이성복은 '영역의 경계 허물기'가 아니라 '영역의 내파'에 주력했다고 말할 수 있다. 내부적인 파괴에 주력하는 만큼 이성복의 초기 시세계가 보여주는 파격이나 과격함은 돌연한 이미지들의 폭력적인 결합 방식에서 비롯된 것이다. 그러한 결합 방식은 납득하기 어려운 우격다짐으로 보이거나 시쓰기의 미학을 갱신하려는 의욕으로 받아들여졌다. 1982년의 제2회 김수영 문학상 심사에서 『창작과비평』과 『문학과지성』의 선연한 대립을 촉발시킨 것도 그러한 시각의 차이였다(『세계의문학』의 편들기로 『문학과지성』의 판정승이 선언되고 이성복은 산고(産苦)를 겪은 수상자로 선정되었다).

첫 번째 시집에 담겨 있는 파격적 시쓰기의 특징이 김수영의 영향이라는 지적은 김현을 비롯해서 여러 평자가 제기하였고, 초현실주의의 차용이라는 주장은 시집 해설을 쓴 황동규가 제기하였다. 황동규가 제기한 차용의 흔적은 '자유연상'과 비이성적이며 잠재의식의 해방을 통해 이루어지는 '우상파괴의 효과'다. 그런데 엄밀하게 말하면 초현실주의의 기법은 자유연상이라기보다는 '자동기술'이다. 자유연상은 프로이트의 정신분석학에서 무의식을 밝혀내는 데 이용한 심리치료 기술이다. 따라서 그 기술은 의사가 환자의 자유연상에 대하여 의식적 통제의 역할을 수행하려는 목적을 간직하고 있다. 반면에 자동기술은 치료의 목적이 없으므로 수행자가 통제받지 않는 상태에서 환각의 상태에 마음껏 빠져들며 그 상태를 서술해내는 표현기법이다. 자동기술의 목적은 언어나 사물을 제도나 관습의 틀로부터 해방하는 데 있다. 20세기 초반에 세계를 지배하고 있는 제도나 관습의 틀이 대부분 자본주의적이라는 점에서, 자동기술이 자본주의를 타파하거나 자본주의로부터 인간을 해방하려는 목표를 내포하고 있다는 사실을 간파할 수가 있다. 그러니 자동기술은 자본주의라는 우상을 파괴하려는 의도를 간직하고 있는 것이다. 앞에서 황동규가 제기한 자유연상과 우상파괴의 효과는 이렇게 수정하여 설명될 수가 있다. 그렇다면 과연 이성복

의 첫 번째 시집 속에는 자동기술 기법을 차용하여 자본주의라는
우상을 파괴하려는 의욕이 구현되어 있을까?

> 앵도를 먹고 무서운 애를 낳았으면 좋겠어
> 걸어가는 詩가 되었으면 물구나무 서는
> 오리가 되었으면 嘔吐하는 발가락이 되었으면
> 발톱 있는 감자가 되었으면 상냥한 工場이
> 되었으면 날아가는 맷돌이 되었으면 좋겠어
>
> —「口話」부분

황동규는 이 부분을 인용하면서 자유연상의 증거를 찾아내고 있
는데, 이 시의 내용은 자유연상이나 자동기술보다는 낯선 이미지
들의 전략적인 결합 효과를 노리고 있는 것처럼 보인다. 앵도에서
무서운 애를 거쳐 날아가는 맷돌에 이르는 이미지의 연쇄뿐만 아니
라 걸어가는 시나 물구나무 서는 오리, 상냥한 공장, 날아가는 맷
돌들의 이미지들이 공통적으로 '전복(顚覆)'의 속성을 간직하고 있
기 때문이다. 그것들은 이를테면 '누워있는(죽어있는) 시—걸어가는
(살아있는) 시'와 같은 상호대립적인 의미의 맥락을 환기해 주는 효
과를 발휘하고 있는 것이다. 이렇듯 시의 화자가 상상해보는 사물
들의 상태는 본래의 자연스런 상태를 뒤집어놓거나 크게 위반하는
모양을 보여주고 있다.

그렇다면 시의 화자가 이러한 사물들의 이미지에 집착하는 까닭

은 무엇일까? 그 까닭은 바로 같은 시의 2장에 제시되어 있다.

나는 아침 이슬 李氏 노을에 걸린 참새가
내 엄마 나는 껍질 벗긴 소나무 진물
흘리며 꿈꾸고 있어 한없이 풀밭 위를
달리는 몸뚱이 體位를 바꾸고 싶어 正敎會의
돔을 세우고 싶어 體位를 바꾸고 싶어
느낌표와 송곳이 따라와 노래의 그물에
잡히기 전에 어디 숨고 싶어 體位를 바꾸고
싶어 돋아나는 뾰루지 속에 병든 말이
울고 있어 병든 말을 끌어안고 임신할까 봐
지금은 다만 體位를 바꾸고 싶어

아침 이슬과 노을에 걸린 참새, 껍질 벗긴 소나무 진물들의 상태
는 공통점을 보이지 않는다. 제각각인 사물의 상태를 시의 화자는
꿈꾸고 있다. 그것들은 순수하거나 아름답거나 고통스러운 상태를
환기해주는 이미지들이다. 시의 화자는 지금 제각각인 그런 상태
들을 동시에 겨냥하고 싶어 한다. 한 가지 상태에 머물지 않고 순
간마다 다른 상태에 이르려는 존재의 꿈을 시의 화자는 체위를 바
꾸고 싶어라고 반복해서 노래한다. 이러한 꿈의 노래는 삶의 노래
이면서 시의 노래이기도 하다. "느낌표와 송곳이 따라와 노래의 그
물에/ 잡히기 전에 어디 숨고 싶"은 마음은 삶의 제도와 규범으로
서의 느낌표와 송곳에 갇히지 않으려는 꿈이기도 하지만 언어의 느

낌표와 송곳에 갇히지 않으려는 꿈이기도 한 것이다. 그리하여 병든 말을 끌어안고 임신하고 싶은 마음조차 삶과 언어의 질곡에서 벗어나려는 안간힘으로 읽힌다. 말은 자유롭게 뛰노는 존재로서의 말[馬]과 언어로서의 말을 동시에 환기해주는 대상인 것이다.

이 작품의 제목이 '구화(口話)'인 것도 체위를 바꾸려는 삶과 시쓰기의 꿈을 암시하는 데 일조하고 있다. 구화란 무엇인가? 그것은 본래 청각장애인들이 말하는 사람의 입술 모양을 보고 말의 내용을 이해하게 만드는 방법을 가리키는 용어다. 이성복은 삶과 언어가 병들어버린 현실 속에서 구화처럼 새로운 삶의 소통 방법, 새로운 언어의 소통 방법을 꿈꾸고 실천하는 작업을 이 첫 번째 시집에서 수행하고 있는 셈이다.

그가 시도하는 구화의 시쓰기는 앞에서 밝힌 것처럼 무의식이나 잠재의식의 해방이라기보다 체위를 바꾸거나 위반하려는 의식작용으로 읽힌다는 점에서 초현실주의의 표현기법인 자동기술과는 구분하여 이해되어야 할 것이다. 그런데 초현실주의 표현기법인 자동기술과 연관하여 흥미롭게 주목해야 할 또 하나의 특징을 이성복의 첫 번째 시집은 반복해서 보여준다. 황동규도 지적한 바 있는 그것은 바로 '언어의 속도감'이다. 본래 초현실주의의 자동기술 기법에서 속도감이 중시되는 까닭은 서술의 속도가 빠를수록 의식의 개입을 차단하면서 무의식의 환각상태를 자유롭게 서술하는 효과가 높아지기 때문이다. 그러니까 속도감은 현실 의식 기능을 차단하려는 의도를 반영해주는 것이다. 그렇다면 이성복의 시세계에서도 속도감은 그런 기능을 수행하고 있을까?

　　그날 아버지는 일곱 시 기차를 타고 금촌으로 떠났고
　　여동생은 아홉 시에 학교로 갔다 그날 어머니의 낡은
　　다리는 퉁퉁 부어올랐고 나는 신문사로 가서 하루 종일
　　노닥거렸다 前方은 무사했고 세상은 완벽했다 없는 것이
　　없었다 그날 驛前에는 대낮부터 창녀들이 서성거렸고
　　몇 년 후에 창녀가 될 애들은 집일을 도우거나 어린
　　동생을 돌보았다 그날 아버지는 未收金 회수 관계로
　　사장과 다투었고 여동생은 愛人과 함께 음악회에 갔다
　　그날 퇴근길에 나는 부츠 신은 멋진 여자를 보았고
　　사람이 사람을 사랑하면 죽일 수도 있을 거라고 생각했다
　　그날 태연한 나무들 위로 날아오르는 것은 다 새가
　　아니었다 나는 보았다 잔디밭 잡초 뽑는 여인들이 자기
　　삶까지 솎아내는 것을, 집 허무는 사내들이 자기 하늘까지
　　무너뜨리는 것을 나는 보았다 새占 치는 노인과 便痛의
　　다정함을 그날 몇 건의 교통사고로 몇 사람이
　　죽었고 그날 市內 술집과 여관은 여전히 붐볐지만
　　아무도 그날의 신음 소리를 듣지 못했다
　　모두 병들었는데 아무도 아프지 않았다
　　　　　　　　　　　　　　　　　　　　　　－「그날」 전문

　'그날'이라는 하루에 벌어진 일들을 속도감 있게 나열하는 서술
의 방법은 1980년대부터 1990년대에 이르기까지 신춘문예를 비롯

하여 많은 문예공모 응모작들이 즐겨 모방하는 시쓰기의 형식으로 차용된 바 있다. 심지어는 동시대 문인인 황지우조차 첫 번째 시집 『새들도 세상을 뜨는구나』에서 「몬테비데오 1980년 서울」이라는 작품의 서술 방법으로 활용한 바 있을 정도다.

그런데 이렇게 유행을 선도한 서술 방식에서 단지 속도감만이 돋보이는 것은 아니다. 속도감이 무엇보다도 '몽타주'의 기법으로 병치되고 있는 그 날의 일상과 사건들이 어울리는 관계 속에서 참신한 효과를 발휘하고 있기 때문이다. 몽타주 기법은 서로 관련이 없는 장면들을 결합하여 새로운 장면 효과를 만들어내는 필름의 편집 방식을 지칭하는 바, 이 작품에서 그날의 일상과 사건들도 별다른 연관성을 표면에 드러내지 않은 채 나열되는 모양을 보여주고 있다. 하지만 유심히 살펴보면 하찮은 일상의 잡다함 속으로 우울하거나 절망적인 사건들이 틈입해 있는 것을 발견할 수가 있다. 이를테면 "잔디밭 잡초 뽑는 여인들이 자기/ 삶까지 솎아내는 것"과 "집 허무는 사내들이 자기 하늘까지 무너뜨리는 것"이 대표적인 사례이다. 이런 관계 속에서 속도감은 위장의 효과를 발휘하고 있다. 그것은 이성의 개입을 차단하고 의식을 타성적인 상태에 머무르게 하는 역할을 수행하게 되는 것이다. 이러한 역할은 얼핏 보면 초현실주의의 자동기술 기법이 동원하는 속도감의 효과와 유사해 보인다. 두 가지 속도감이 모두 의식의 현실 개입 기능을 차단하는 효과를 보여주고 있기 때문이다. 하지만 효과는 같으나 목적은 전혀 다르다고 말할 수 있다. 초현실주의가 이성과 같은 의식의 개입을 차단함으로써 정신의 새로운 영역인 잠재의식을 적극적으로 활용하려는 목적을 간직하고 있는 반면에, 이성복의 시세계에 동원되고 있는 몽타주 기법의 속도감은 의식의 개입을 차단함으로써 삶의 진실과 현실에 대한 책임감을 간과하거나 외면하게 하려는 의도를 간직하고 있기 때문이다. 이 작품의 마지막에서 "아무도 그날의 신음 소리를 듣지 못했다/ 모두 병들었는데 아무도 아프지 않았다"라는 진술이 그러한 속도감의 의도를 밝혀주고 있다. 결국 이성복이 동원하고 있는 몽타주의 속도감은 1970년대의 타락한 현실에 대한 '마비된 의식과 언어 현상'을 반영하고 있는 셈이다. 이성복의 첫 번째 시집에서 '그날'을 비롯하여 '그해 여름이 끝날 무렵', '그해 가을'처럼 익명의 시간들이 자주 등장하는 까닭도 마비된 일상과 타성화된 삶을 암시하기 위한 것으로 해석된다. 이성복이 「구화」에서 "체위를 바꾸고 싶어"라고 토로한 것도 이렇게 마비된 일상과 언어로부터 벗어나고 싶은 욕망을 드러낸 것이다. 그런 점에서 시세계를 대표하는 상징적 공간으로 제시된 '유곽'을 살펴볼 필요가 있다.

사실상 이성복의 첫 번째 시집은 유곽으로 시작해서 유곽으로 끝난다. 아니, 정확하게 말하면 두 번째 시편 「정든 유곽에서」로 시작해서 마지막에서 두 번째인 「다시, 정든 유곽에서」로 끝난다고 말할 수 있다. 많은 평자들이 지적했듯이 이러한 시편들의 배치는 의도적이거나 전략적일 것이다. 그런 점에서 첫 번째 시편인 「1959년」은 유곽의 세계로 진입하는 프롤로그처럼 읽힌다. 마지막 두 행인 "오지 않는 봄이어야 했기에/ 우리는 보이지 않는 監獄으로 자진해 갔다"에서 보이지 않는 감옥이 유곽을 가리키고 있는 것처럼 보이기 때문이다. 이 시편에는 시의 화자를 유곽으로 끌고 가는 원인이 제시되어 있기도 하다. 그것은 바로 '무기력과 불감증'이다. 무기력과 불감증을 앓고 있는 시대의 현실이 바로 유곽의 속성으로 상징될 수 있는 것이다.

유곽은 무엇보다도 '누이'로 대표되는 여성의 치욕과 고통을 내재하고 있는 곳이다. 또한 유곽은 수난의 역사를 겪어낸 '한반도'이며 정치적으로 억압당하고 있는 당대의 현실일 수도 있다. 「정든 유곽에서」 "伐木/ 당한 女子의 반복되는 臨終"이 암시할 수 있는 대상들이 바로 그렇다. 따라서 "누이의 戀愛는 아름다워도 될까"라고 반복해서 자문하는 화자의 의식은 치욕과 고통을 자각하지 못하는 불감증을 반성하고 있다. 유곽의 속성은 그렇게 이중적이다. 그곳은 가부장제가 초래하는 치욕과 고통을 내장하고 있으면서도, 그러한 치욕과 고통을 잊어버릴 수 있는 화려하고 아름다운 연애에 대한 욕망을 꿈꾸게 만드는 곳이기도 하다. '정든 유곽'이라는 제목 속에 이미 착잡한 이중의 마음가짐이 내포되어 있다. 유곽은 치욕을 잊게 만드는 화려한 꿈으로 정겨운 곳이면서 치욕을 일깨우는 고통으로 정겨운 곳이기도 하다. 유곽의 존재 속성이 이중적이므로 그곳에서의 삶을 "여기는 아님/ 여기 있으면서 거기 가기/ 여기 있으면서 거기 안 가기/ 여기는 아님 거기 가기 거기 안가기/ 여기는 아님 피는 江물 소리를 꿈꾸기 달맞이꽃,/ 노오란 신음 소리를 꿈꾸기"(「蒙昧日記」)로 받아들여야 하는 어지럽고 착잡한 마음가짐이 성립할 수 있게 된다. 아름다운 꿈과 현실의 감추어진 고통이 여기와 거기로 나뉘는 것 같으면서도 서로 연결되어 있다는 사실을 '달맞이꽃'이 확인시켜 주고 있기 때문이다. 달맞이꽃은 아름다운 강물 소리와 노오란 신음 소리를 하나로 연결해주고 있는 것이다. 어디 그뿐인가. 이성복의 첫 번째 시집에서 가장 세간에 회자된 바 있는 구절인, "假面 뒤의 얼굴은 假面이었다"(「그해 가을」)도 이러한 유곽의 이중적 존재 속성을 묘사한 것이라고 말할 수 있다. 삶의 어떠한 존재 방식도 그것 자체만으로는 불완전하거나 거짓에 가까운 가면의 성격을 간직할 수밖에 없다는 자각을 토로하고 있기 때문이다.

이성복의 첫 번째 시집 속에서 수행되고 있는 시쓰기는 이러한 유곽의 존재 방식을 끌어안고 표현해내는 존재의의를 갖고 있다. 유곽에서 부패한 사랑의 욕망을 꿈꾸는 몸이 부려내는 언어와, 훼손된 사랑의 아픔을 반성하는 몸이 부려내는 언어 사이를 오가는 시쓰기는 삶의 현실과 의식의 온갖 경계를 넘나들며, 어울리기 어려운 사물들을 관계 짓고, 생뚱맞은 이미지들을 교배시켰다가는 가차 없이 내쳐버리기도 한다. 조금의 지체와 머뭇거림이 순간으로만 포착될 수 있는 진실을 놓치게 만들까 경계하는 마음이 수많은 삶의 대상들 사이를 분주하게 넘나드는 시선을 마련해놓기도 한다. 그가 동원하는 시쓰기의 속도감은 이런 전략을 위하여 마련되었을 법하다. "농담과 환멸의 꺼지지 않는 불덩이를 폐차의 유리창 같은 우리의 입이 말하게 하라"(「다시, 정든 유곽에서」)는 사명감도 그러한 진실의 기미를 포착하려는 안간힘에서 비롯되었을 것이다. 유곽에서 부려내는 시쓰기는 그렇게 삶의 타성들을 과격하게 휘젓고 다니면서 타성들의 벌어진 틈새에서 날카로운 환멸의 바늘 끝과 미세한 농담의 실마리들을 포착해내는 솜씨를 발휘해내고 있다. 그런 점에서 이성복의 『뒹구는 돌은 언제 잠깨는가』는 파격과 치밀함을 겸비한 시집이라고 평가받을 만하다. 1980년대의 시 문학사에서 정치의 외조로 성공한 반열에 들지 않고 '자체 발광'의 결실을 이룩한 시집으로 자리매김할 만한 것이다.

무기로서의 시세계

— 박노해 시집 『노동의 새벽』

대체재와 무기로서의 노동문학

『노동의 새벽』은 '보완재'가 아니라 '대체재'였다. 박노해의 첫 시집은 1970년대 참여문학이나 민중문학에 복무하기를 거부하는 노동문학의 빛나는 전과였다. 그것은 자본주의 체제가 허용하는 문학의 울타리를 거부하고 '계급'이라는 불온한 척도로 작품을 제작해야만 하는 지하공장의 거친 조형물이었다. 그 조형물은 1970년대의 참여문학이나 민중문학이 사회현실을 비판하고 개혁하기 위하여 제조한 '도구'로서의 역할을 거부하였다.

도구의 역할은 원시예술에서부터 지배 권력의 홍보와 교화수단으로 대부분의 예술작품들에게 부여된 족쇄였다. 민중예술만이 그러한 도구의 운명으로부터 제외되었다. 아니, 민중예술은 또 다른 도구의 역할을 수행하였다. 고단한 민중의 생활을 위무해주는 도구로서의 역할(노동요가 대표적이다)과 지배 권력을 풍자하는 역할(탈춤을 보라) 등이 바로 그렇다. 그러나 민중예술에서 풍자로서의 도구적 역할은 지배 권력을 전복하려는 의욕을 담아낼 수는 없었다. 풍자의 도구는 지배 권력이 허용하는 수준에서만 자신의 역할을 감당하였다.

1970년대의 참여문학이나 민중문학도 이러한 도구의 수준을 벗어나지는 못했다. 그것들은 민주주의나 민족주의 수호라는 명분을 내세우면서도 자본주의 체제를 전복하려는 의욕을 과시하지는 못했다. 그들의 민주주의나 민족주의는 자본주의 체제가 허용할 수 있는 풍자의 울타리 내부에 안주하고 있었기 때문이다.

1980년대의 노동문학은 지배 권력이 허용하는 비판과 풍자의 영역에 안주하기를 거부하였다는 점에서 대체재로서의 가능성을 과시하였다. 1980년대의 노동문학은 이전까지 자본주의 체제를 비판하는 도구의 역할을 자본주의 체제를 공격하고 파괴하는 '무기'의 역할로 갱신시켰다. 지금까지는 "두드려라 그러면 열릴 것이다"라는 명제에서 암시될 수 있는 '비판적 도구'의 속성은 "두드려라 그러면 부서질 것이다"(백무산, 「공구와 무기.2」)라는 명제로 지시될 수 있는 '파괴적 무기'의 속성으로 뒤바뀐 것이다. 도구를 대체하는 무기로서의 노동문학, 그것의 시발점에 『노동의 새벽』이 우뚝 서 있다.

무기의 실체와 수준

새벽은 밝지 않다. 다만 밝음의 기미를 내비치는 때가 새벽의 공간이다. 『노동의 새벽』도 이러한 속성을 공유하고 있다. 그것은 1970년대의 참여문학이나 민중문학의 대체재 역할을 추구했지만, 대체재로서의 성과는 "거친 조형물"이라는 규정만큼이나 '문제적'이다. 그것이 문제적인 까닭은 계급투쟁을 수행하는 시쓰기의 전략과 미학적 성취를 추구하는 시쓰기의 전략들이 어색하게 결합되어 있기 때문이다. 계급투쟁의 사명감이 무기로서의 시쓰기를 선도할 만한 근거는 "우리 노동자계급은 나에게 한 사람의 노동자 시인보다는 더 철저한 조직 운동가로 서줄 것을 요구했다"(박노해, 산문 「이 땅의 시인으로 태어나서」)라는 고백에 밝혀져 있다. 그런데 시인은 같은 글의 다음 부분에서 "당시에 나는 철저한 조직적 노동운동가가 되기에는 아직 부족했다. 나에게는 아직도 극복해야 할 '시적인 요소'가 남아있었으며, 1인칭이 남아있었"다는 고백을 들려주고 있기도 하다. 이 고백은 서정시의 전통적인 미학을 추종하고 싶어 하는 자의식을 암시하고 있다. 서정적 자아로서의 '1인칭'에 대한 미련이나 "극복해야 할 '시적인 요소'"가 그런 자의식의 요소이다. 그의 시들이 노동의 현장과 시위의 현장에서 읽혀지는데 그치지 않고 문단이라고 하는 제도권을 기웃거렸다는 사실도 그런 자의식을 뒷받침한다.

제도권을 기웃거렸다고 진술한 까닭은 그가 참여한 문단의 정황이 1970년대까지의 현실과는 크게 달라졌기 때문이다. 박노해는 1970년대에 문단의 기득권을 장악하고 영향력을 행세한 두 계간지, 『창작과비평』과 『문학과지성』이 1980년도에 폐간되자, 그 빈자리를 채우기 위해 우후죽순으로 쏟아져 나온 무크지와 동인지 대열에 합류하였다. 비정기간행물이라는, 소위 게릴라전법으로 시도된 새로운 문단의 지형과 지하운동권의 아마추어 문학은 서로 부담 없는, 그러면서도 의미심장한 만남을 성사시킬 수가 있었다.

부담 없으면서도 의미심장한 만남의 근거는 무엇보다도 그들의 만남이 1980년대 이전의 문단에서 통용될 수 있는 심미적 잣대로부터 비교적 자유로울 수 있다는 점에 자리 잡고 있다. 1970년대 문학에 부담을 느끼지 않아도 되는 젊은 20대, 30대 문학인들이 자신들에게 절실한 주제와 표현 방식으로 작품을 발표하고 신인을 발굴하는 의욕 속에 박노해라는 노동전사의 문학이 걸려든 것이다. 『시와경제』라는 진보적인 문학동인지 제2집에 발표된 그의 1983년도 등단작품들 속에서 주목을 끄는 것은 후일 그의 대표작 중의 하나로 평가받게 되는 다음 시편이다.

긴 공장의 밤
시린 어깨 위로
피로가 한파처럼 몰려온다

드르륵 득득

미싱을 타고, 꿈결 같은 미싱을 타고
두 알의 타이밍으로 철야를 버티는
시다의 언 손으로
장밋빛 꿈을 잘라
이룰 수 없는 헛된 꿈을 싹둑 잘라
피 흐르는 가죽본을 미싱대에 올린다
끝도 없이 올린다

아직은 시다
미싱대에 오르고 싶다
미싱을 타고
장군처럼 당당한 얼굴로 미싱을 타고
언 몸뚱아리 감싸 줄
따스한 옷을 만들고 싶다
찢겨진 살림을 깁고 싶다

떨려 오는 온몸을 소름치며
가위질 망치질로 다짐질하는
아직은 시다,
미싱을 타고 미싱을 타고
갈라진 세상 모오든 것들을
하나로 연결하고 싶은
시다의 꿈으로
찬 바람 치는 공단거리를
허청이며 내달리는

왜소한 시다의 몸짓
파리한 이마 위으로
새벽별 빛나다

-「시다의 꿈」 전문

이 작품이 시선을 사로잡는 까닭은 2연에 표현된 상호 이질적인 이미지들의 절실한 조응 효과 때문이다. "장밋빛 꿈"을 "피 흐르는 가죽본"으로 옮겨놓는 상상력은 시를 무기로 삼으려는 노동 전사의 솜씨치고는 예사롭지 않다. 장밋빛과 피의 색깔이 모두 붉은색이라는 공통점을 간직하고 있는 사실을 배경으로 삼아서 허튼 희망("장밋빛 꿈")을 아픈 현실("피 흐르는 가죽본")로 돌이켜 놓는 가열한 시선은 현장 노동의 체험과 서정의 미학이 곡진하게 어울림으로써 빚어낼 수 있는 결실이기 때문이다. 이 시선 속에는 계급투쟁의 관점이 하나의 관념으로 돌올하게 부각되어 있지 않다. 오로지 몸으로 감당해야 하는 현장 작업의 고됨이 생생한 실감으로 부각되고 있을 따름이다. "피 흐르는 가죽본'이라니, 이 '가죽본'은 화자인 노동자가 착취당하는 육체의 질감을 얼마나 자연스럽게 반영해내고 있는가. 이 실감은 노동 현장의 실감이기도 하면서 언어 미학의 실감이기도 하다. 아마도 박노해는 이 두 가지 실감을 모두 누리고 싶어 했던 듯하다. "시적인 요소가 남아있었으며, 1인칭이 남아있었"다는 고백은 계급투쟁의 사명감만으로 떨쳐낼 수 없는 서정의 원리에 대한 동경이었을 것이다.

그런데 2연의 성취는 그 자리에서 맴돌 뿐이다. 이어서 전개되는 3연과 4연의 내용들이 계몽적 관념과 의지에 종속되어 있기 때문이다. 2연에서 제시된 "피 흐르는 가죽본"의 실감은 3연에 생뚱맞게 제시된 "장군처럼 당당한 얼굴" 때문에 낙동강 오리알 신세가 되어버린다. 노동자의 생활과 몸짓으로 실감 나게 구현되었던 계급투쟁의 현장감을 어째서 추상적인 영웅의 상투적인 역할에 떠넘겨야만 했을까? "언 몸뚱아리 감싸 줄/ 따스한 옷을 만들고 싶다/ 찢겨진 살림을 깁고 싶다"라는 영웅의 진부한 사명감은 왜 "미싱을 타고/ 갈라진 세상 모오든 것들을/ 하나로 연결하고 싶은/ 시다의 꿈으로" 전염되어야만 했을까? 박노해의 계급투쟁은 영웅의 임무를 노동자가 추종하고 계승하는 '교조주의'에 불과했던 것일까?

새벽은 아직 밝지 않다. 밝음의 기미를 내비치면서도 어둠을 떨쳐내지 못한 시간대가 새벽이다. 노동 현장에서는 '시다'도 새벽의 속성을 간직하고 있다. 이제 막 새로운 출발선에 서 있는 미숙한 노동자, 미래에 대한 꿈을 간직하고 있으면서도 남들보다 더 많은 불안과 고통에 시달려야만 하는 아마추어 노동자의 존재 공간도 새벽의 속성을 간직하고 있는 것이다. 박노해도 그런 시다에게 마지막으로 새벽의 상징성을 안겨준다. "왜소한 시다의 몸짓/ 파리한 이마 위로/ 새벽별 빛나다"라고. 그런데 이 '새벽별'에는 어딘지 3연의 영웅적 사명감이 배어있는 듯하다. 높은 자리에서 비루한 현실을 내려다보며 위무해주는 계몽적 역할을 떠올리게 하는 존재감. 시다의 새벽별이라면 파리한 이마 위에서 빛날 것이 아니라 아직 어두운 골목길 바닥에 깔려 있어야 하는 것은 아닐까.

박노해의 시세계가 계급투쟁과 노동자 해방의 세상을 추구하는 무기의 역할을 성공적으로 펼쳐 보이려면 어두운 골목길 바닥과 같은 노동 현장의 구체적 실감을 포획하고 참신하게 묘파하는 일에 보다 많은 열정과 노력을 쏟아부었어야만 했다. '시다의 꿈'은 섣부르게 영웅적 사명감을 고취하는 관념들에 휘말려 들지 말았어야만 했던 것이다.

아마추어, 시다, 그리고 주체

아마추어도 '시다'이다. 박노해는 아마추어 시인으로서 두 가지 꿈을 동시에 품고 있었다. 노동자 해방의 꿈과 프로 시인으로서의 꿈, 앞에서도 지적했듯이 그는 후자의 꿈을 전자의 꿈을 성취하는 일에 양보해야만 하는 갈등에 휩싸였다. 그리고 '주체'의 문제가 부상한다.

1980년대 문학은, 아니 1980년대 사회 전체는 주체 문제로 소란스러웠다. 정치적인 '주체사상'에서부터 예술적인 '생산의 주체' 문제에 이르기까지. 문학의 생산 주체가 전문가에서 노동자로 뒤바뀐 현실의 파급효과는 엄청났다. 1980년대의 정치적 현실에 참여하는 가장 역동적인 주체가 대학생과 노동자였다는 사실을 배경으로 하여 문학의 생산 주체가 노동자가 되어버린 현실은 민중문학의 새로운 가능성을 열어주는 역사적인 사건으로 부각되었다. 1920년대에도 카프(KARF)라는 계급문학이 존재했지만, 노동자가 생산 주체로 참여하는 현실은 도래하지 않았다. 그런데 1980년대에 마침내 군부 독재체제가 지배하는 현실 속에서 노동자 생산 주체의 문학이 탄생하게 된 것이다. 새로운 주체 문학을 맞이하는 문단의 반응은 1970년대에 성립한 참여문학과 민중문학의 주도권을 위축시키기에 충분했다. 그런데 기실 그 반응은 문학적이기보다는 정치적 관심의 확산이었다. 1980년대의 문학은 정치 앞에서 무기력했으며 정치의 이름으로 행세하는 문학운동이 기득권을 장악할 수 있었다. 따라서 미학에 대한 논의는 그야말로 뒷전이거나 대충이었다. 『노동의 새벽』은 이러한 문학운동을 선도하는 기폭제로 대중들의 뜨거운 사랑을 받았다. 수십만 부를 넘어서는 베스트셀러가 대체로 그렇듯이 미학적인 평가는 과대 포장되거나 가려져 버렸다. 노동자가 문학의 생산 주체가 되었다는 사실과 '얼굴 없는 시인'이라는 신화가 시집의 상업성을 효과적으로 부추겼다.

그런데 시의 생산 주체가 노동자라는 사실이, 미학적 논의를 뒷전으로 밀어놓은 현상은 결국 노동문학의 침체와 몰락을 초래한 결정적 원인으로 작용하였다. '노동자 생산 주체의 면죄부' 현상이라고나 이름 붙일 수 있을까? 생산 주체가 노동자이면서 계급투쟁의 선동 효과에만 치중하는 작품들을 단순재생산하는 사태가 그런 결과를 빚어낸 것이다. 시의 생산단계에서 계급투쟁의 구체적이면서도 절실한 체험들을 포착해내는 시선과 그런 체험들을 참신한 언어적 질감으로 조형해내는 솜씨를 장만하지 않은 채 계급투쟁의 당위성과 계급투쟁이 나아가야 할 방향을 진부한 관념과 격정으로 토로하는 작품들이 '노동자 생산 주체'라는 명분으로 과대평가 받는 현실이 노동문학의 퇴락을 초래한 것이다. 많은 노동자 시인들은 계급투쟁이라는 현실의 문제를 촘촘한 질감을 갖춘 문학작품으로 형상화할 만한 훈련과 노력이 부족하였다. 그들은 정치적으로는 가열했으나 문학적으로는 미숙한 아마추어 시인에 불과했던 것이다.

주체에게는 주체의 자격과 책임이 요구된다. 노동문학의 생산 주체는 정치적으로 바르고 치열한 인식과 뼈아픈 희생을 감내하였다. 그 점에서 그들은 정치적 현실의 주체로서 자격과 책임을 갖추고 있다. 하지만 '노동문학'의 주체는 별도의 자격과 책임을 요구받는다. 그것은 바로 미학적 형상화로 책임져야 할 시인의 자격이다. 노동문학의 생산 주체로서 박노해에게 정치적 투쟁과 해방의 꿈은 문학의 꿈과 길항하면서 어우러진다. 길항의 과정에서 정치적 투쟁과 해방의 꿈은 거칠어지고 문학의 꿈을 압도해나갈 조짐이 강화된다. 영웅이나 투사의 계몽적 관념이 노동현장의 실감을 압도하는 장면들이 그러한 조짐의 사례들이다. 생산 주체로서의 노동자가 시의 내용을 주도하는 '전지적 화자'나 '계몽적 화자'로 설정된 결과이다. 전지적 화자로서의 노동자는 시의 현실에서 무소불위의 변신술을 감행하여 어떠한 권력과 직업을 가진 등장인물들의 마음도 꿰뚫어 보거나 대변할 수가 있다. '계몽적 화자'는 우월한 위치에서 현실을 이분법으로 규정하고, 상투적인 자기반성이나 연민을 정당화한다. 이러한 화자들의 역할로는 계급투쟁의 착잡한 실상을 절실하게 반영할 수가 없다. 바로 이런 점에서 『노동의 새벽』은 빼어난 노동문학의 성취를 이룩했다고 평가받기 어렵다. 노동문학의 성취가 아니라 그저 '빛나는 전과(戰果)'이거나 심지어 '아픈 전과(前過)'일지도 모른다.

아마추어가 프로 행세를 할 필요는 없다. 거칠고 미숙한 표현들을 새로운 미학의 원리로 내세우는 태도는 결국 견강부회로 받아들여질 따름이다. 문학의 아마추어를 정치의 프로 의식으로 해결할 수 없다는 자각을 품을 수 있을 때, 노동문학의 가능성은 『노동의 새벽』에서도 활로를 열어 보일 수 있다. 앞에서 지적한 현장의 절실한 체험을 참신한 언어적 질감으로 형상화해내는 작업 말고도 박노해의 시집에는 민중문학의 전통을 효과적으로 되살려내는 작업이 반영되어 있어서 눈길을 끈다. 그것은 바로 노동요의 전통으로 구전되어온 '노랫가락'으로서의 리듬감이다. 무엇보다도 노동문학은 노동의 현장을 생생하게 되살려낸다는 점에서 노동요의 리듬감을 활용할 필요가 있는 것이다. 노동을 감당하는 육체의 리듬을 언어의 조직으로 가장 자연스럽게 반영하는 노래의 형식은 정치 투쟁과 시의 미학적 원리를 동시에 충족하는 효과적인 수단으로서도 제 몫을 다할 수가 있기 때문이다. 이런 효과와 더불어 생활 현장에 밀착된 언어 표현들도(절실한 맥락도 없이 함부로 토해내는 욕설을 배제한다면) 노동문학 현장감의 밀도를 높이는데 기여할 수 있을 것이다. 그러나 무엇보다 자연스러우면서도 절실하게 시선에 포착될 수 있는 노동문학의 가능성을 『노동의 새벽』은 열어 보인다. 그것은 바로 어떤 출구도 쉽게 열어 보이지 않으면서 동시에 많은 출구들을 모색하게 만드는 어두운 삶의 골목길, 「시다의 꿈」에서 제시된 바 있는 "두 알의 타이밍으로 철야를 버티는" 노동의 구체적 현장이다. 어둠과 밝음을 동시에 품은 그 새벽의 공간이야말로 어떤 섣부른 관념으로도 치장해서는 안 되는 삶의 준열한 좌표를 열어 보이고 있다. 그 좌표를 정치적으로, 그리고 문학적으로 치열하게 사수하려는 자야말로 노동문학의 진정한 주체로 자리매김할 수 있을 것이다.

즉물성의 시세계

— 최승호 시집 『대설주의보』

분노의 서정과 비탄의 서정

1970년대부터 1980년대에 이르는 한국 시단에서 으뜸으로 부상한 시쓰기의 경향은 '분노의 서정'이었다. 김수영을 시발점으로 삼는 분노의 서정은 1920년대의 김소월을 시발점으로 삼는 '비탄의 서정'과 대등한 세력을 구축할 만큼 단기간에 성장하였다. 분노의 서정이 급성장한 이면에는 군사독재라는 정치적 자양분이 도사리고 있었다. 1970년대의 유신독재에 대한 분노의 서정이 '즉자적인 감성'의 토로에 충실한 시적 경향을 노출하였다면, 1980년대의 군부독재에 대한 분노의 서정은 '이데올로기적인 감성'이나 '언어 해체적인 감성'을 노출하는 경향으로 양분되었다.

1920년대부터 1970년대에 이르기까지 한국의 시단은 비탄의 서정과 분노의 서정으로 갈리면서도 즉자적인 감성의 토로에 치중

한다는 점에서는 일맥상통하는 성격을 보여주었다. 자연을 대상으로 삼는 서정이나 억압적인 사회적 현실을 대상으로 삼는 서정이나 대상의 존재감을 시인의 주관적 감성이 압도해버리는 시적 경향을 노출하였던 것이다. 그런 점에서 한국시단은 감정 과잉의 시쓰기가 지배해왔다고 말해 볼 수도 있겠다.

1980년대에 시도된 분노의 서정 중에서 이데올로기적인 감성을 추구한 노동시는 즉자적인 감성의 바탕에 '계급적 이데올로기'를 어색하게 덧씌운 작품들을 양산하면서 도태되었다. 언어 해체적인 감성은 즉자적인 감성의 토로에 투입될 에너지를 언어 미학의 혁신 작업에 투입하였다는 점에서 즉자적인 감성의 토로에 주력하는 한국 시단의 경향으로부터 어느 정도 자유로운 활동 역량을 과시하였다고 평가할 수 있겠다. 그러나 언어 해체적인 감성으로서의 시쓰기를 사회정치적인 의사소통의 가능성(황지우)보다 문학 내파적인 언어의 가능성(이성복)을 모색하는 방향으로 몰고 간 작업이 더욱 내실이 있어 보인다.

어떠한 경우라도 아쉬운 점은 한국시의 감성이 '즉자성'을 '대자성'으로 바꾸어 놓는 일에 소홀했다는 사실이다. 시인의 주관적 감성을 토로하기에 앞서서 시의 객관적 대상을 주도면밀하게 관찰하고 상상해보려는 노력이 부족했다는 말이다. 그런 점에서 '즉물성'이라는 낱말을 시쓰기의 참고 용어로 되새김질할 만하다.

즉물성의 개념과 시적 속성

즉물성이란 낱말은 본래 독일어 형용사 'sachlich'에서 유래되었다. "본질적인, 실용적인, 장식이 없는, 감정이 없는" 등의 의미를 갖는 이 낱말이 대상의 존재 속성을 규정한다는 사실이 이채롭다. 특히 장식이 없는, 감정이 없는 등의 의미 규정은 즉자적인 감성의 성격과 구분될 만한 시적 표현의 속성을 환기해주기에 주목을 요구한다. 이 두 가지 속성은 한국 서정시의 표현양식에서 소수파의 영역에 머무르고 있기 때문이다.

즉물성이 감정이 없는 속성을 간직하고 있다는 사실은 시인의 주관적 개입을 절제한다는 점에서 앞에서 언급한 '객관적 대상의 존재감'으로 인정받을 만하다. 더 흥미로운 사실은 즉물성이 장식이 없는 속성을 간직하고 있다는 사실이다. 객관적 대상의 존재감을 돋보이게 할 만한 조건으로 장식이 없는 속성이란 과연 무엇일까? 그것은 무엇보다 묘사를 제한하는 문체의 성격과 연관된 것으로 보인다. 특히 시적 대상을 지시하는 명사 앞에 첨가되기 쉬운 수식어들을 배제하려는 문체의 성격이 바로 그것이다. 수식어들을 배제하여 묘사를 제한하려는 문체의 성격은 시인의 즉자적인 감성이 개입되는 정황을 차단하려는 의욕이 반영된 것이다. 그런 점에서는 '실용적인'이라는 즉물성의 속성도 예사롭지 않아 보인다. 그것이 대상의 '일상적 존재감'을 반영할 수 있는 시어와 문체의 성격을 암시하고 있는 듯하기 때문이다. 지나치게 연마된 어휘와 어법을 삼가고 일상적인 어휘와 어법을 활용하는 시쓰기의 방법은 1970년대 말부터 '일상시'라는 규정으로 김광규를 비롯한 몇몇 시인들의 시쓰기 작업으로 시도된 바 있다.

대상에 시인의 주관이 성급하게 개입하는 상황을 차단하기 위하여 시적 대상으로부터 감정과 묘사, 그리고 세련된 문체의 흔적을 제한하려는 노력은 결국 즉물성의 또 다른 의미 규정인 대상의 '본질적인 속성'을 구현하려는 의욕과 연결되어 있을 것이다. 이처럼 즉물성이란 시인의 즉자적인 감성으로부터 시적 대상을 일정하게 격리해, 시인의 대자적인 감성과 연계되게 만들 수 있는 시적 대상의 객관적 존재감이다.

최승호 시집 『대설주의보』의 즉물성에 관하여

1982년에 『세계의문학』이 제정한 '오늘의 작가상'을 수상한 최승호의 시집 『대설주의보』도 즉물성의 관점에서 주목을 받은 시집이다. 오늘의 작가상 심사에 참여하고 이 시집의 해설을 작성한 김우창은 "최승호씨의 시를 특징짓고 있는 것은 뛰어난 사실적 관찰이다"라고 규정한 후에 "최승호씨의 말이 새로운 느낌을 주는 것은 그의 관찰의 즉물성이다. 즉 그의 관찰에서 사물들은 단순히 사람의 상태에 대한 상징물로 바뀌기를 거부하고 그 사물성을 완전히 잃어버리지 않는다"라고 부연 설명하고 있다. 즉물성에 대한 김우창의 설명에서 사람의 상태에 대한 상징물이라는 내용을 '시인 자신의 상태에 대한 상징물'로 바꿔보는 것이 좀 더 정직하고 의미가 부각될 법하다. 김우창의 설명이야말로 1980년대의 한국시가 극복해야 할 즉자적인 감성의 실체와 그 대안을 제시하고 있기 때문이다. 그가 즉물성의 핵심으로 제시한 '사물성'이야말로 '즉자적인 감성'을 '대자적인 감성'으로 바꿀 만한 키워드에 해당할 수 있을 것이다. 그렇다면 『대설주의보』에서 시인의 즉자적인 감성을 극복할 만한 사물성은 과연 어떻게 표현되고 있을까? 앞에서 언급한 즉물성의 독일어 어원에서 제시된 개념들을 충족시켜주는 시적 표현들이 동원되고 있을까?

최승호의 시세계가 이 시집을 출간한 이후로 현재에 이르기까지, 감성보다 '직관'이나 '인식'을 동원하는 작품들을 선보이는 작업에 충실해 왔다는 사실에 대해서는 두말할 필요가 없을 것이다. 직관이나 인식을 동원하는 시쓰기는 그의 시세계를 건조하고 차갑게 보이는 인상까지 빚어내기도 한다. 심지어 직관을 자주 동원하는 그의 시쓰기는 동양 산수화에서 도끼로 찍어낸 모양을 그려낸 '부벽준(斧劈皴의)' 화법을 연상시키기도 한다. 붓을 바짝 말린 갈필처럼 감정을 휘발시키고 직관과 인식으로 써 내려간 시쓰기의 필법은 다음과 같은 즉물성의 실체를 마련해 놓는다.

　　북어들의 일개 분대가
　　나란히 꼬챙이에 꿰어져 있었다.

나는 죽음이 꿰뚫은 대가리를 말한 셈이다.
한 쾌의 혀가
자갈처럼 죄다 딱딱했다.
나는 말의 변비증을 앓는 사람들과
무덤 속의 벙어리를 말한 셈이다.

　　　　　　　　　　　　　　　　－「북어(北魚)」 부분

　이 작품에서 즉물성이 온전히 도모되었다고 말하기는 어렵다. 북어의 존재 형상이 개별 사항마다 재빠르게 사람살이에 대한 시인의 규정으로 유도되고 있는 형국이기 때문이다. 즉자적인 직관이 발휘되고 있는 셈이다. 그런데도 한국시의 대종을 이루는 감정이 아니라 직관이 발휘되고 있는 점이 유의미하다. 그런데 인용한 단락에서 놓치지 않아야 할 사항은 문체의 특징이다. 묘사보다 서술과 단정에 치우쳐 있는, 그리고 마침표가 동원된 직설의 문장들. 일상의 산문적 진술에 가까우면서도 '－셈이다'처럼 반복의 리듬감을 부려내는 어법의 문장들도 감정을 휘발하고 직관을 부려놓는 일에 일조하고 있다. 이런 직관, 이런 문체는 다른 보조 장치들을 동원하며 보다 객관적인 즉물성의 세계를 선보이기도 한 된다.

증기를 뿜는 주전자
아가리를 뚜껑으로 덮으니
답답해
콧구멍이 뚫렸어도 답답해

증기를 뿜는 주전자가 뚜껑을 들먹거린다

형이상학의 뚜껑 밑에

댓진 냄새 풍기는 파이프

연기를 코로 내뿜는 형이상학자들

그리고 물 위로 콧구멍만 내놓는 소심한 하마(河馬)들이여

콧구멍만 뚫렸으면 뭘 해

이렇게 무식하고

이렇게 숨이 차고

이렇게 대머리가 점점 벗겨지는 생(生)

때때로 고뿔까지 앓으면서 훌쩍이고

이렇게 죽어가는 죽어가는 생(生)

주전자의 코는 코뿔소의 코뿔처럼 낯설고

살가죽도 낯설고 이제는 내 턱뼈조차 낯설다

콧구멍만 뚫렸으면 뭘 해

                            - 「주전자」 부분

    이 작품은 제목 그대로 주전자라는 사물의 존재감을 인간의 존재감으로 변화시켜 놓는 직관과 인식의 재치가 돋보인다. 북어에 비하면 사물의 존재감이 인간의 존재감으로 전이되는 과정은 완만하면서 세세하다. 완만하고 세세한 가운데 사물들의 고유한 존재감이 실감 나는 감각적 특성으로 묘파되는 솜씨를 과시하고 있다. 이러한 과시의 내용 중에서 주목해야 할 사항은 주전자라는 사물의 고유한 질감을 감각으로 포착해내는 시선이 어른의 것으로 동원되

기 전에 먼저 어린아이의 것으로 사용되고 있다는 사실이다. 김우창은 시집 해설의 다른 시를 분석하는 부분에서 "어린아이들에서 보는바 사물과의 일치감, 또 사물에 대한 의문감"을 언급하고 있는데, 아쉽게도 어린아이들의 시선이 사물의 존재감과 얼크러지는 구체적인 관계를 따져보지는 않고 있다. 주전자는 그런 점에서 사물에 대한 아이의 시선과 문체가 어른들의 시선이 구속하고 상투화하기 쉬운 사물의 존재감을 해방하여 새로운 사물의 즉물성을 구축하는 효과를 성공적으로 보여주는 사례이다.

주전자의 형상과 속성을 바라보는 아이의 시선은 "아가리를 뚜껑으로 덮으니/ 답답해/ 콧구멍이 뚫렸어도 답답해/ 증기를 뿜는 주전자가 뚜껑을 들먹거린다"에서처럼 아이의 말투와 결합한 사물의 질감을 구축해낸다. 그리고 난 후에야 어른의 시선과 말투로 "형이상학의 뚜껑 밑에/ 댓진 냄새 풍기는 파이프/ 연기를 코로 내뿜는 형이상학자들"이라는 관념화된 사물의 질감이 제시된다. 이러한 전개 방식은 사물의 질감에 대한 시선과 어조가 아이로부터 어른으로 전이되는 과정 속에서 독특한 대상의 즉물성을 부각시켜 놓는 효과를 발휘하게 된다. 화자의 시선이 두 번 이동하는 사이에 시선의 대상이 되고 있는 사물이 다각도의 존재감을 마련하게 되는 것이다. 애당초 대상이 되는 사물을 온전히 객관화시켜 그것의 즉물성을 포착하고 표현해내기란 불가능한 작업일 수밖에 없다. 다만 사물이 포착되는 시선을 확장하여 대자화되는 사물의 질감을 보다 입체화할 수 있을 따름이다. 이런 과정을 거쳐 표현될 수 있는 사물의 질감을 우리는 시적 표현의 유의미한 즉물성의 사례로 인정할 수가 있다.

'즉자적 감성'에서 '대자적 감성'으로 전환하는 과제는 이처럼 화자의 시선과 화법을 다양하게 변화시키는 방법으로도 도모될 수가 있다. 시적 대상의 객관적 즉물성을 온전히 구현하기란 불가능하지만, 화자의 존재감을 분산해버림으로써 화자가 시적 대상을 장악할 수 있는 가능성은 약화되고, 그럴 때 시적 대상은 스스로의 존재감을 덜 구속받으면서 발현할 기회를 마련하게 된다.

1980년대의 시적 대상으로 긴요하게 부각된 것은 정치적 현실이었다. 긴요한 대상의 존재 가치를 인정하면서도 그러한 대상을 다각도로 관찰하고 상상하려는 대자적 감성보다 시인의 윤리적 분노와 저항을 촉구하는 즉자적 감성의 시쓰기가 범람했던 것이 1980년대 한국시단의 대세였다. 시인이라는 주체의 윤리적 감성은 정치적 현실이라는 시적 대상을 사실적으로 파악하기보다 장악하고 인도하려는 사명감으로 들끓었다. 그리고 그런 사명감이 정치적 현실의 실체를 축소하거나 은폐하는 부작용을 초래하기도 하였다. 그런 점에서 『대설주의보』에 제시된 직관의 관찰력은 시인의 즉자적인 감성을 절제하게 만든다. 시인의 생각과 느낌과 목소리를 내세우기보다 '시적 대상과 함께 존재한다는 실감'을 예비하는 시인의 마음가짐으로 인하여 시적 대상의 다각적인 존재 조건이 다음처럼 드러나는 효과가 발생하는 것이다.

숨은, 쉬지 않고 숨을 쉰다 대낮이면

황소와 태양과

날아오르는 날개들과 물방울과 장수하늘소와 함께

뭉게구름과 낮달과 함께

나는 숨을 쉰다 인간의 숨소리가

작아지는 날들 속에

자라나는 쇠의 소리

관청의 스피커 소리가 점점 커지는 날들 속에

　　　　　　　　　　　　　　　　－「나는 숨을 쉰다」 부분

　시적 대상과 함께 존재한다는 화자의 실감은 스스로 어떤 생각과 느낌과 목소리를 앞세우기 전에 우선 "숨을 쉰다"라는 생명현상을 확인하는 작업으로 나아간다. 그런 작업의 조건 속에서는 대상의 영역도 쉽게 구분되지 않는다. 화자가 동참하는 생명현상 속에는 자연도 있고, 문명도 있고, 정치적 현실도 있다. 그리고 그런 대상들 속에는 황소처럼 분명한 존재감을 갖는 것도 있고, 낮달처럼 희미한 존재감을 갖는 것도 있다. 그런데 숨을 쉰다는 생명현상은 그것 자체에 안주하는 법이 없이 '숨소리'와 '쇠의 소리'로 구분되는 변화를 보여준다. 화자를 포함하여 모든 대상을 하나로 일치시켜 보는 시선은 천진하다는 점에서 어린아이의 것이다. 김우창이 지적한 대로 '어린아이들에서 보는 사물과의 일치감'이 발휘되고 있는 것이다. 그런 사물과의 일치감이 섣부른 화자의 주장을 절제하게 만들면서 '숨 쉬는 현상'을 '숨소리 현장'의 변화를 관찰하는 시선으로 이동하게 만들어준다. 숨소리 현장에는 여전히 화자와 자연과 기계와 관청이 존재하고 있다. 그러면서 자연은 높아지고 희미해지는 존재로 변화해가고("뭉게구름"과 "낮달"), 기계와 관청의 스피커 소리는 커져가는 존재로 변화해간다. 그러면서도 그것들은 여전히 함께 존재한다. 여전히 함께 존재하는 대상의 속성, 이것이야말로 최승호가 찾아내고 있는 즉물성의 비밀이다. 그 비밀은 어느 것의 섣부른 제압이나 배제를 허락하지 않는 질서 속에 존재하고 있는 것이다.

시의 대상으로 정치적 현실이 다루어질 때도 마찬가지다. 1970년대와 80년대의 시쓰기가 즉자적 감성에 몰입해 있을 때, 정치적 현실은 상투적이거나 편향된 모양으로 관찰되면서 표현되었다. 숨쉬는 현상을 시의 대상으로 다루면서 최승호는 정치적 현실의 새로운 존재감을 발굴하였다. 정치적 현실 속에 은폐되어 있던 자연생태계의 문제가 바로 그것이다. 생태환경 문제가 정치적 현실의 또 다른 실체라는 시쓰기 작업을 최승호는 1970년대에 선취하였다. 그러한 선취 작업은 시적 대상의 즉물성을 포착할 수 있는 대자적 감성을 동원하여 얻어낸 결실이었다. 이 시집에 수록되면서 1990년대에 이르기까지 생태환경시의 대표작으로 꼽히는 다음 시편도 대상의 감추어진 실체를 밝혀내는 즉물적 관찰력의 소산이었던 것이다.

관광객들이 잔잔한 호수를 건너갈 때

수부(水夫)는 시체를 건지려
호수 밑바닥으로 내려가
호수 밑바닥에 소리 없이 점점 불어나는
배때기가 퉁퉁해진 쓰레기들의 엄청난 무덤을,
버려진 태아와 애벌레와
더러는 고양이도 개도 반죽된
개흙투성이 흙탕물 속에
신발짝, 깨진 플라스틱통, 비닐조각 따위를 먹고 배때기가
퉁퉁해진 쓰레기들의 엄청난 무덤을,
갈수록 시체처럼 몸집이 불어나는 무덤을
본다 폐수의 독(毒)에 중독된 채
창자가 곪아가는 우울한 쇠우렁이를
물 가에 발생했던 문명(文明)이
처리되지 않은 뒷구멍의 온갖 배설물과 함께
곪아가는 증거를

호수를 둘러싼 호텔과 산들의 경관에
취하면서 유원지를 향해
관광객들이 잔잔한 호수를 건너갈 때

－「물 위에 물 아래」 전문